O REGRESSO

Lúcia Bettencourt

O REGRESSO
A última viagem de Rimbaud

Rocco

Copyright © 2015 by Lúcia Bettencourt

Direitos desta edição reservados à
EDITORA ROCCO LTDA.
Av. Presidente Wilson, 231 – 8º andar
20030-021 – Rio de Janeiro, RJ
Tel.: (21) 3525-2000 – Fax: (21) 3525-2001
rocco@rocco.com.br
www.rocco.com.br

Printed in Brazil/Impresso no Brasil

Preparação de originais
JULIANA LUGÃO

CIP-Brasil. Catalogação na fonte.
Sindicato Nacional dos Editores de Livros, RJ.

B463r   Bettencourt, Lúcia
           O regresso: A última viagem de Rimbaud / Lúcia
           Bettencourt. – 1ª ed. – Rio de Janeiro: Rocco, 2015.

           ISBN 978-85-325-3012-7

           1. Romance brasileiro. I. Título.

15-24502   CDD-869.93
                                     CDU-821.134.3(81)-3

Para o Guilherme, aqui, lá.

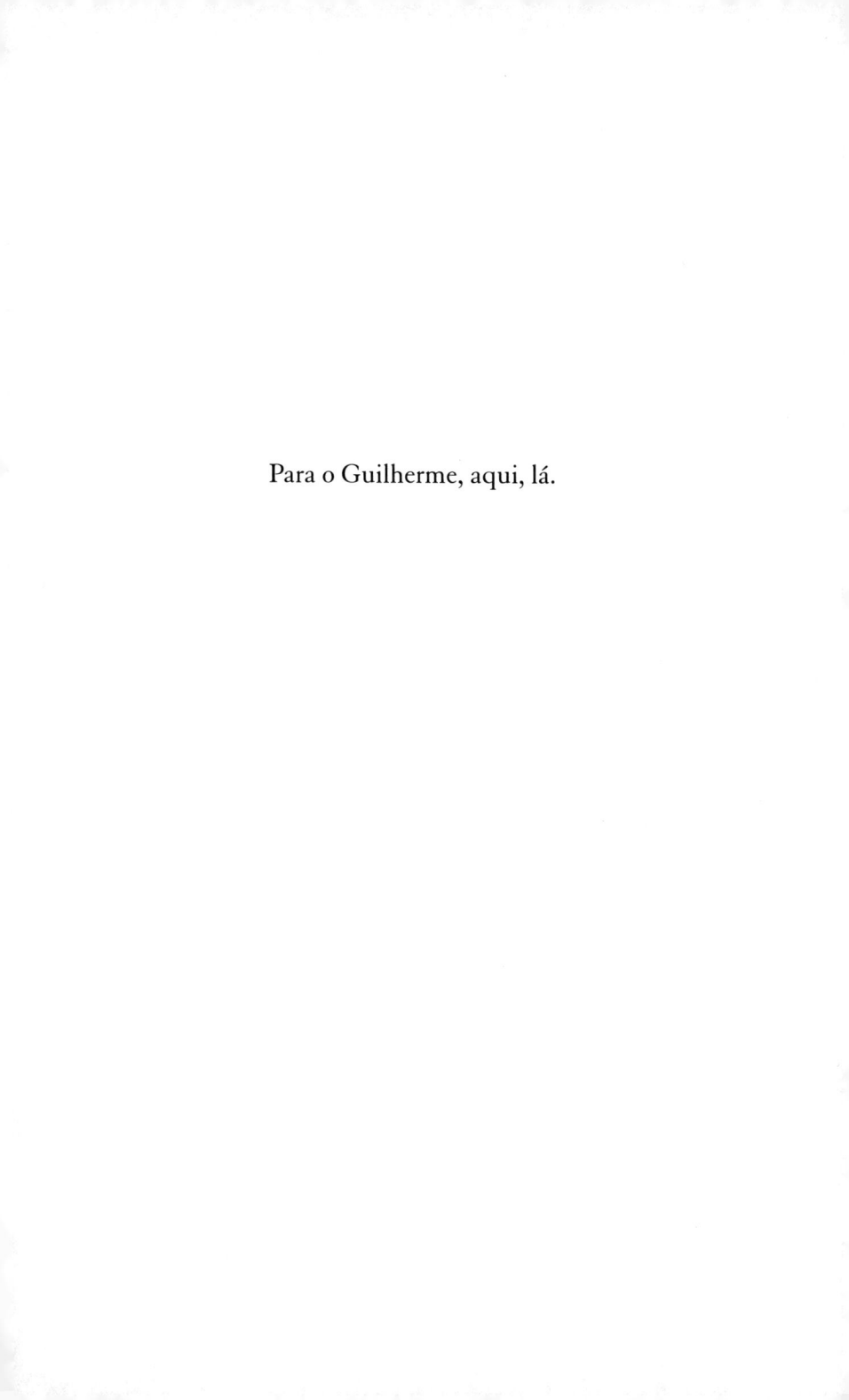

Silêncio, exílio e engenho.

NÃO HÁ PARTIDA

— Não há partida. Desde cedo fui especialista em partir. Ensaios a que me levavam minhas longas pernas camponesas, habituadas aos terrenos mais ásperos, e minha eterna inquietude. Começava a andar e era como se o mundo, do qual apenas conhecia a versão por escrito, me chamasse. E mesmo quando imóvel viajava. Mergulhava o rosto nas ondas de um riacho qualquer e ali estava o Nilo, o mar oceano, todas as águas. Embriagado viajava nas palavras que me assaltavam e que transbordavam nas suas ordenações tão claras. Reinava sobre elas, transformava-as em tapete que, mágico, me levava para onde meu pensamento se desviasse.

Queria ir, queria me soltar das amarras e partir, experimentar tudo, todas as felicidades, toda a glória e o êxtase. E me dispus a pagar o preço. Calcei as botas desajeitadas, os coturnos militares de uma herança, e dei o primeiro passo. Dei muitos passos. Fui até a beirada do abismo e, sem hesitar, segui. Nada me assustou.

Vai-se por acaso, um passo após o outro, sem que se saiba que se está partindo. Vai-se por obrigação, um chamado de trabalho, um compromisso moral. Vai-se levado por uma ilusão, pelo fugaz brilho de uma estrela que nos promete uma mudança. Vai-se pelo desafio, ultrapassar o limite, ousar...

A caminhada incerta do princípio, os desvios, alguns tropeços, eram apenas os primeiros passos da viagem. A preparação para o regresso. Eu subia a montanha, o Parnaso. Julgava ir ao encontro dos deuses. Julgava ser um deus. Mas era apenas Sísifo. Estava sempre indo, subindo. Não percebia que, o tempo todo, só estava voltando. Talvez eu tivesse suspeitado. Por isso experimentei outros descaminhos. E em todos os descaminhos, os desvios. E cultivei todos os deuses. E ardi em todos os fogos. Voluntariamente. Consumido pelo sonho de ser alguém.

Foi preciso abrir mão do desejo para finalmente regressar. E só então começar a compreender a viagem.

Foi, talvez, Parmênides que demonstrou que nunca partimos, já que o movimento é impossível. Mas a gente acorda de manhã, calça as botas, dá um passo de cada vez, sem pensar em filosofias de gregos preguiçosos. Nossas pernas se acostumam ao ritmo. Compasso. E, quando percebemos, a distância já engoliu o rosto choroso da companheira, os olhares confiantes das crianças, as raivas e decepções acumuladas nos cantos da casa. A própria casa. A nós só nos resta nós mesmos.

Mas, em verdade me digo, a gente só compreende a viagem quando regressa. Pois é só no regresso que se surpreende a essência da viagem. Mesmo que ainda não entendamos nada, mesmo que a esfinge nos tenha desafiado e nós nos tenhamos calado por não saber a resposta. É apenas no retorno que se mata o pai. É na volta que se penetra o corpo da mãe. Pois regressar é mergulhar de volta no útero que nos gerou, é conhecer o próprio instante da criação.

É, finalmente, fazer as pazes com o ser monstruoso que nós mesmos geramos.

PRELIMINARES

Recém-nascido, já comecei a partir. Chamavam minhas partidas de fugas, o que prova que não entendiam o que estava por trás de cada passo meu. Ninguém era capaz de compreender o que me levava, nem mesmo eu.

Consta que, assim que a parteira desviou seus olhos de meu corpo arroxeado e sujo, comecei a me esgueirar pelo chão da casa, deixando uma trilha de sangue e visgo que ficou para sempre entranhada nas tábuas do assoalho. Minha primeira carta: uma mensagem de adeus.

Seria verdadeira, a história? Que importa? Lá estava a mancha no chão, e as palavras que a interpretavam se entranhavam no meu próprio corpo, passando a fazer parte das minhas memórias. Se me obrigavam a ajoelhar-me e a repetir as lições intermináveis, em algum lugar de mim eu podia escutar o som do corpo frágil se esfregando contra o solo, e sentir o esforço que, um dia, me levaria à liberdade.

A Liberdade, minha deusa. Minha outra deusa, a Vida. Acreditava na existência das duas e estava apaixonado por ambas, intoxicado como o adolescente que, pela primeira vez, penetra na casa de janelas verdes e sente o cheiro, um tanto repugnante, da mulher de olhos muito pintados e de decote cavado. Atraído, desejoso de conhecer os mistérios, meu corpo pesava sobre meus joelhos castigados, enquanto a alma ia girando num turbilhão de ideias e de sonhos.

Livre, o meu pensamento saía em viagem desenfreada, e, embora meus joelhos doessem, apesar de minha boca repetir mais uma vez a lição imperfeita, enquanto eu parecia escutar o rastejar do meu pequeno corpo ansioso, minhas palavras interiores eram corcéis em disparada, carregando órfãos e princesas, enforcados e heróis. Meu coração marcava o compasso. Meu sangue fluía e refluía. Meus olhos viam o que ainda não existia e eu aguardava o momento em que partiria. E, então, parti. Enganei-me, muitas vezes. Fui atraído por sereias que se esmeraram em doces cantos. Desprezei as amarras e parti. Prematuramente parti.

O PLANO

Foi preciso planejar. Cada passo precisou ser medido, cada movimento estudado. Do vórtice no qual não hesitei em me jogar só me restou a dor. Intensa e constante, me mantendo acordado dia e noite. Era, finalmente, o regresso. E, como em todo regresso, nada de honras e ouro, meu quinhão eram os despojos do naufrágio. Com eles arquitetei uma maca, com um toldo que me protegesse do sol excessivo. Uma liteira. Um leito. Mais próximo de um catre monástico ou de uma enxerga de prisioneiro. Uma cama estreita e desolada, sem luxos nem luxúria. A cama que me levaria deitado através da solidão. E foi assim que o caminho começou, o caminho que já não podia ser caminhado, em que o corpo era levado pelos braços fortes e reluzentes dos africanos, seus braços trabalhados como troncos, cheios de seiva, cobertos pelo suor do esforço, pelos almíscares da raça.

O plano veio depois da dor instalada.

Era sempre assim: eu agia reagindo. Minha atenção se focava em alguma ideia e meu corpo a seguia, disposto a pagar todos os preços. Planos? Havia aqueles que eram altos, etéreos. Planos de glória, de subida ao monte Parnaso, de destruir as falsas crenças. Ou planos de riquezas fabulosas, planos de aventura. Nada humano me servia. Eu via o mundo com olhos de semideus. Cego ao revés, eu via glórias multiplicadas. Era um vidente.

Na distância, quando até mesmo eu já havia esquecido meu próprio nome, meu corpo começou a se rebelar. Minhas pernas, que antes me levaram por tantas estradas, para tantos destinos, já não eram as duas colunas esguias e fortes, musculosas e brancas. Uma delas, a perna direita, cresceu, endureceu. De um dia para outro as veias começaram a desenhar um labirinto que me fazia lembrar as estradas azuis e vermelhas dos mapas onde aprendi nomes de vilas e de rios. Minha perna amanheceu escrita, com sinais que mostravam minhas caminhadas, e com dores que lembravam cada tropeço. Rebelado contra mim, meu corpo se escrevia. E crescia. O joelho que não se movia mais, as veias que saltavam de seus lugares e gravavam em seu percurso todos os ais desesperados da dor. Meu corpo era o texto que me recusei a escrever.

Minha perna. Já não era mais parte de mim, ela era o meu centro, o meu eixo. Toda minha atenção se concentrava nela e ela, crescida e dura, inflexível, era minha dona e meu carrasco mais cruel, impiedosa. Latejando, noite e dia, ela marcava cada segundo de escuridão e agonia.

Escravo, humilhado pela revolta de uma parte de mim mesmo, tive que me submeter. Desenhei a cama, mandei-a construir. Contratei os braços que, ligados a outras pernas, mais dóceis que a minha, me sustentariam e levariam até a cidade. Mandei cartas para todos, tentando encerrar os negócios pendentes. Refiz cálculos, mandei novas cartas, apalpei as barras de ouro, reais ou imaginárias, que supus seriam minha felicidade.

Finalmente, parti.

Nada dos clarins das madrugadas gélidas do passado. Nada de calçar as botas e começar a viagem, um passo após o outro, deixando que as pernas me levassem. E, no entanto, era isso mesmo o que se passava. Minhas pernas, ou melhor, minha perna, tomava o comando e ditava a rota. É para além, é para a beira do mar que preciso ir. Para a cidade onde tantas vezes desfaleci com o calor. Para as ruelas que percorri furtivamente, conspirando com patrões e chefes de tribo. Nos becos onde as mulheres me ofereciam seus corpos, onde os homens roçavam meu rosto com beijos rituais, e onde eu segurava a adaga com dedos firmes, não fossem ofertas e beijos transformarem-se no meu fim.

No dia marcado, os braços negros e esculpidos em músculos vieram buscar meu corpo, me acomodar no catre, simples e tosco. Em um movimento não ensaiado, sem a simultaneidade necessária, levantaram a liteira, sacudindo meu corpo e me obrigando a segurar com força as tábuas maltrabalhadas para evitar a queda.

Finalmente no ar, os passos começaram. Desordenados, logo em seguida corrigidos e constantes, medidos. Quatro pernas direitas para frente. Quatro pernas esquerdas se seguindo. Uma aranha do deserto. O homem, único tripulante de um barco estonteado, que navegava no ar, mais uma vez desaparecia, partia.

I

Dizem que ele desapareceu aos 21 anos, que foi traficar no desconhecido, que teve amantes nativas, que comerciou com café, que andava com um cinturão de ouro. Dizem que em Paris ninguém mais soube dele, que achavam que ele tinha morrido. Dizem que sua mãe e suas irmãs não choraram quando ele se foi. Dizem que foi enganado por chefes e reis africanos, que olhavam para aquele homem branco e seco, de pele bronzeada nos tons quase nativos, de olhos azuis como um dia de sol, cabelos raspados rente ao crânio, cujo nome nunca era pronunciado, e riam, enquanto o traíam. Não sei. Não estava presente quando estas coisas aconteceram.

Dizem que o amor de Paul por ele foi à primeira vista. Isso sei que não é verdade. Paul nem sequer o notou, na estação de trem em Paris, onde tinha ido esperá-lo. Aquele rapaz esguio, magro, de calças muito curtas, pés e mãos enormes, cabelo desgrenhado passou por entre os poetas que conversavam banalidades pouco sublimes, com uma urgência que em nada se assemelhava ao que esperavam dele – timidez e doçura, hesitação. Poetas nunca foram bons em seu julgamento de caráter. Como esperar doçura e hesitação do autor de cartas tão seguras e desafiantes como as suas? Ele não era tímido, pois seu orgulho o levava a nunca baixar a cabeça. E, abandonado que tinha sido por seu pai, desde cedo aprendera o desafio que é fazer-se respeitar. Era isso que queria. Respeito. E, além disso: Amor – desejava ser amado, mas isso ele não confessava. O respeito – isso ele exigia.

Um adolescente, alto e magro, de incríveis olhos azuis, cuja luz estonteava. Um adolescente desafiante e selvagem. Mal-educado, embora sua mãe, amarga, tentasse de todas as maneiras transformá-lo em "alguém".

Dizem que ela repetiu, até perder a voz, que ele não era como os outros fedelhos que infestavam as ruas de sua aldeia com sua miséria e sua sujeira. Que ele era o encantador de palavras, que podia fazer delas o sortilégio que os tirasse, todos, daquela miséria, daquela solidão, daquela terrível humilhação de família abandonada pelo pai, um inútil.

Menino ainda, ele foi ensinado a desprezar seu pai. Menino ainda ele se viu obrigado a recriar essa figura que lhe faltava, que o deixara lutando sozinho contra as imprecações da mãe, que exigia dele muito mais do que uma criança podia oferecer. Era nas poucas informações que tinha conseguido obter sobre o pai que suas fantasias se construíam. Tinha nascido em outra aldeia. Era militar. Tinha vivido no Oriente. Sabia árabe. Tinha traduzido o Corão. Gostava de gramática. Tinha tido cinco filhos com sua mãe. Era perturbador. Nas recordações vívidas que muitas vezes o assaltavam, o pai era um sedutor que o colocava no colo e o fazia estremecer de estranhos desejos. No entanto, nunca o beijara. Aliás, sua mãe, também, nunca o beijou.

Dizem que o encontro com Paul foi sua perdição. Dizem que o encontro com Paul foi sua salvação. Ao chegar em casa, o poeta feio encontrou um jovem de longos cabelos dourados e sujos, olhos muito azuis, malvestido, e muito magro. Sua voz oscilava entre graves e agudos, e ele corava sempre que os sons se aflautavam demais. Seu sotaque era forte, mas ele falava muito, ansioso e agitado. Quando Paul entrou na sala de estar, onde Mathilde, sua mulher, e Mme. Mauté de Fleurville, sua sogra, contemplavam e entretinham aquele aldeão de calças curtas demais e meias tecidas em casa, de mãos vermelhas e feridas, sujas, teve um leve movimento de repulsa. Paul não esperava alguém tão rústico. Não esperava alguém com cheiros fortes de suor e tabaco. Ele não esperava um ser humano. Aguardava um gênio.

Mas quem se apresentou foi aquele jovem magro e ossudo, faminto. Uma fome que era muito maior que seu estômago sempre vazio. O rapaz avançava sobre a vida, assim como avançava sobre a comida, e engolia tudo, sem cerimônias, sem limites. De estômago cheio, arrotava, feliz, um instante calado, acomodando o corpo na cadeira para deixar sair o ar que, ao falar com a boca cheia, engolia. E, quase que instantaneamente, continuava, tão seguro de si, de seu talento, tirando do bolso um papel, a única coisa imaculada naquele conjunto de miséria, juventude e entusiasmo. E lia, avisando primeiro: são cem versos; são oito quadras; são sessenta alexandrinos...

As mulheres, aprisionadas em suas fantasias de vida, cansaram de tentar ajustar o rapaz a seus modelos. Debandaram, inquietas, suspeitosas. Paul ficou sozinho, escutando, reconhecendo naquela figura inesperada a grandeza que outros lhe negavam. E apaixonou-se.

OS PASSOS

Foram tantos os passos! No princípio, após uma primeira hesitação, encontrado o ritmo, eles foram rápidos. Era o andar de quem pisava terras conhecidas com pés calejados e resistentes. Mas o cansaço logo chegava. Primeiro era um que tropeçava, e balançava perigosamente minha embarcação. Depois o ritmo ficava mais lento. Tornava mais visível o esforço dos braços e das pernas. Faziam uma pausa, aproveitando as sombras escassas, comendo sempre pouco, acostumados à avareza com que a vida lhes tratava.

A luz da montanha reverberava e cegava a todos. Para onde caminhávamos? O resfolegar dos camelos enchia nossos ouvidos por instantes. Depois, só se escutava o rumor que o vento fazia, deslocando areias e cortinas. Muitos supõem que caminhar no terreno deserto seja andar sobre trilhas macias. Como se enganam! O sol se diverte em laboriosamente assar a areia numa crosta firme e quente, que desprende um suspiro ainda mais quente quando os pés, calejados e insensibilizados, nela se apoiam. A terra é traiçoeira, se abre em crateras insuspeitadas, afunda à menor pressão, ou resiste e agride com sua dureza os pés errantes. Os homens caminhavam nos seus passos de andarilhos, mas, desacostumados do peso extra, perdiam suas forças. Era preciso gritar-lhes ordens. Chicotear-lhes com palavras hostis. Eles me olhavam, com seus rostos ossudos, secos. E em seus

olhos eu lia um texto composto por uma paciência infinda e uma suavidade de fera que escolhe submeter-se ao invés de destruir.
Meu rosto crispado olhava-os com urgência e domínio. Seus rostos magros abriam-se em sorrisos brancos. Brancos como os turbantes que enrolavam em suas cabeças. Brancos como as vestes de algodão que cobriam seus corpos. Corpos que pareciam esculpidos em troncos de árvores batidas pelo vento. Tudo se transformava na luz, no calor, no vento.
Naquele terreno acidentado, anguloso, poucas árvores brotavam. A altitude e a aridez deixavam a terra quase nua. Pequenos arbustos endurecidos e furiosos ameaçavam os pés dos andarilhos com seus espinhos. Os homens diminuíam seu ritmo, os camelos soltavam seus lamentos, eu engolia minhas dores, até que, desesperado, gritava uma imprecação, num sacolejo mais violento. O rosto dos homens, entrevistos pelas cortinas sempre agitadas pelo vento, mostrava que eles desejavam gritar também. E foi talvez por isso que um deles começou a cantilena em seu idioma, um idioma áspero, gutural, totalmente adequado àquela terra. Engraçado como as palavras copiam os sons naturais. Eu prestava atenção no que era dito: pareciam versos, linhas retiradas do Corão. Os sons traduziam-se numa ladainha onde o nome do profeta era saudado pelas pedras, pelo vento, pelo sol, pelos sons da natureza, pelas nuvens inexistentes, pelo calor, pela noite, pelo frio, pelo silêncio, pela dor, pela morte.
Todos ecoavam os sons. Todos. Menos eu.

O RITMO

Houve um tempo em que o ritmo me dominava. Acordava e, antes mesmo de abrir os olhos, escutava meu coração, que batia compassadamente, numa métrica grega. Depois, era um pássaro que revelava seu compasso: duas breves, uma longa; ou duas longas; ou uma outra combinação qualquer, sempre perfeita, ideal. Os sons iam se organizando em compassos métricos que eu traduzia, compondo versos que surgiam com a fluência da água nas fontes. Devagar, constante, com um ou outro jato mais forte e mais cantante. E era assim que eu compunha, verso atrás de verso, falando de coisas que eu ainda não conhecia direito, mas das quais já sabia tudo.

O "poeta da classe", diziam os professores. Meus colegas ecoavam: *poeta*, com olhos invejosos se derramando sobre minhas páginas de exercícios. E eu versejava, em latim! Deus meu, o que será que me fazia escrever versos em latim? O que me fazia repetir os sonhos que eu julgava sonhar? *Tu vate eris!* Uma sibila sussurrante deixava palavras ecoando em meus ouvidos, e eu me embriagava com o prazer destes sonhos. E, com palavras, transformava-os em ritmo.

Quando eu mostrava os versos para minha mãe, severa, ela me perguntava: o que você vai ganhar com isso? Rebelde, orgulhoso, eu não respondia, mas, no fundo, pensava que ganharia o respeito e o reconhecimento dos homens. Eu seria um ser especial entre todos: aquele que podia reconhecer e imitar o ritmo do mundo. Ou ainda, aquele que iria reinventar o ritmo da vida.

E a vida era pequena e estreita, mas eu a sonhava grandiosa. A vida era cotidiana, mas eu a sonhava perene, altaneira, sublime. E se a realidade se tornava estreita demais para meus anseios, lá estavam as minhas pernas. Pernas fortes. Maltratadas, mas fortes. Elas me levavam por entre as pastagens, iam até a beira do rio, caminhavam pelos terrenos íngremes e enlameados, e me permitiam descobrir refúgios onde podia ler sem ser interrompido pelos gritos daquela que eu conhecia como mãe.

Em minha imaginação, era o senhor de todas as possibilidades. Só o que me impedia de conquistar o mundo era a distância. Estava longe, longe demais. Era preciso partir. Era preciso colocar-me no centro de tudo, no *omphale* moderno, em Paris, umbigo do mundo, onde, à semelhança das sibilas de Apolo, eu revelaria as palavras do deus.

E assim parti. Caminhei até a linha do trem, me alojei num vagão, e adormeci, embalado pelo ritmo das rodas impulsionadas pelo vapor. A fumaça dos sonhos e da máquina me envolvia. Era minha primeira nuvem. No bolso, em vez das moedas necessárias, o ritmo detalhado dos versos. Na cabeça, um velho quepe escolar mantinha presos meus cabelos crescidos e minhas ideias loucas. No coração, o ritmo enlouquecido da partida sublinhado pelos silvos da locomotiva. Ia para Paris, atraído por seu brilho, para queimar minhas asas de anjo ou de demônio. Paris era a chama que me atraía, onde eu desejava me imolar em benefício da Poesia. Escrita em letras maiúsculas, a Poesia era mais que uma deusa, mais que uma religião. Era meu destino e meu triunfo – e também meu trunfo. Tão elevadas eram minha ideias que não acreditava que as coisas triviais pudessem me deter. Uma coisa tão trivial quanto a falta de um pequeno pedaço de papel. Tão pequeno que não comportaria nem mesmo um dos meus perfeitos alexandrinos. Um mero bilhete de estrada de ferro foi o que bastou para deter meu voo. Uma bagatela.

Quando o inspetor se aproximou e me pediu a passagem, apalpei meus bolsos e dali retirei versos. Versos perfeitos e vivos. Ofertei ao homem um punhado deles, mas, ao invés de encantá-lo com minhas rimas, o que consegui foi irritá-lo. "O bilhete", ele repetia, irado. "Sem bilhete você vai é para a prisão", ameaçava, e, truculento, agarrou-me pelos pulsos, arrastou-me na frente de todos, na tentativa de me humilhar.

Mantive minha cabeça erguida, meus olhos não baixaram, e recitei, de cor, os versos que sabia valerem mais do que os vãos tesouros humanos.

O homenzinho encontrou outros de sua mesma raça abjeta. Entregou-me ao chefe de estação que, por sua vez, levou-me aos policiais, gente de armas, não de palavras. Continuei recitando meus versos até que um desses homens de armas, com um tapa, me calou. Meus olhos azuis encheram-se de lágrimas e de ódio. Meus lábios inchados e feridos se calaram, impotentes. Na cela em que fui atirado, senti medo. E frio. E fome. Mas o ódio me susteve. E a confiança nos meus versos me manteve vivo através dos dias de humilhação e violência.

II

Dizem que o amor dos dois foi intenso, escandaloso. Das notícias que nos chegam, como entender a atração entre os dois? Como perceber a relação do jovem poeta com seu corpo, que suponho branco, anguloso, um pouco sujo e maltratado pelos descasos que a vida embriagada e os costumes pouco higiênicos certamente provocavam?

Olho para os poucos retratos de sua juventude e vejo uma boca carnuda, um olhar desafiante, um tantinho triste, olhando para um ponto além da câmara, como se alheado. Suas bochechas infantis parecem ainda imberbes. Seus cabelos, ora muito curtos e espetados, ora longos demais e embaraçados, parecem tão rebeldes quanto o próprio rapaz.

Teria sido com Paul o seu primeiro contato carnal? Dizem que, em suas fugas para Paris, ainda tenro como um dos cordeiros das Ardenas, ele foi violentado. Abusado na cadeia, estuprado por soldados em suas desesperadas passagens por Paris. A cidade, sofrendo com a guerra e com a Comuna, mostrava-se hostil e inexpugnável. Quanto mais desejada, mais distante se mostrava.

Paul parecia ser sua única chave para o mundo dos sonhos. Desde que ele lhe enviara seus versos e, em troca, recebera dinheiro e palavras de encorajamento, o jovem se sentiu agradecido, maravilhado com a possibilidade de sucesso. Mas, rebelde como sempre, imediatamente focou sua atenção nos versos do poeta feio, para dissecá-los, compreendê-los e, objetivo talvez inconsciente, superá-los. Arthur percebeu que, se ali existia talento, este precisava ser libertado dos vícios da poesia fácil e burguesa. Os versos, todos os versos, precisavam ser burilados pela dor e violência, pela experiência do prazer e do excesso. Os versos eram a plataforma de onde os grandes poetas se lançavam no desconhecido.

Teria sido ele, provocante como uma *huri*, palavra que estava na moda na época, aquele que ofertara seus lábios ainda com gosto do sangue derramado nas violências sofridas anteriormente? Ou teria sido Paul, o feio, o irritável, que, após a leitura de alguns versos geniais, emocionado, com os dedos trêmulos e gelados tocara a face ainda redonda e infantil?

Oscilo entre as possibilidades. Ora vejo o homem mais velho, experimentado em sexo, cuja atração por outros homens já havia sido comprovada, agindo como sedutor, com luvas de pelica e avanços cuidadosamente medidos através de palavras escolhidas e gestos dosados. Ora prefiro a imagem do rapaz disposto a tudo, debochado, oferecendo-se como a dita virgem do paraíso maometano, talvez só para vingar-se de alguma frase de Mathilde, a "mulherzinha" insuportavelmente grávida do amigo. Ou mesmo de sua mãe, Madame Mauté de Fleurville, que julgava ter comprado um bom partido para a filha na figura do promissor poeta feio, filho de viúva rica e extremosa, ansiosa por vê-lo assentado e longe dos bares onde o absinto jorrava como de uma fonte.

O que parece ser certo é que, uma vez dado o primeiro passo, o caminho dos dois foi feito às claras, suscitando comentários de jornais, perseguições, ameaças e processos. Paul e sua *demoiselle*, de braços dados e risadas fáceis, eram um par constante nos bares e nos encontros dos *"poetas em exercício"*.

Mas, talvez, nem tanto às claras. É possível que, ao fim e ao cabo, as notícias sejam fruto de ciúmes e desavenças ou apenas máscaras de uma moral burguesa seriamente irritada. Tão irritada que deu lugar a um processo humilhante, um verdadeiro processo de sadismo.

Talvez eles tenham vivido um grande amor. Nos versos de Paul podemos ler o deslumbramento do gozo. O amante que lhe serve de asas, alçando-o ao prazer. A dúvida persiste, porém. Somos, os leitores, ensinados a ler tudo o que não foi dito nos versos alheios. Seria essa uma mensagem cifrada? Seria o seu gozo a glória ou a dor do outro?

O CALVÁRIO

A subida ao Gólgota pode ter sido atroz. Minha descida dos altiplanos abissínios não terá sido menos sofrida. Parti, já crucificado. A liteira balouçante era a cruz e o esquife, minha perna direita o cravo que me transpassava de dor as carnes e o pensamento. Construída segundo meu desenho, mas com a falta de perícia e esmero dos artesãos, a liteira se assemelhava a um barco rústico, batido por tempestades, prestes a se desfazer e a afundar. Balouçante como uma nau no meio da tormenta, jogava meu corpo de um lado para outro e me provocava gritos de dor a cada passo daquela aranha negra e estranha que se movia hesitante em direção à costa. Os carregadores eram muitos, pagos a peso de ouro. Quatro de cada vez, revezando-se em sua falta de habilidade, na carência de forças e nos passos trôpegos. Junto a eles, os camelos, carregados de provisões e de alguma mercadoria para vender. Ainda havia uma mula, recalcitrante, velha e cansada. E também algumas mulheres, com suas silhuetas esguias e silenciosas. Um cortejo fúnebre descendo um novo calvário.

Partimos no dia 7 de abril de 1891. Outro poeta ainda diria, um dia, que abril é o mais cruel dos meses. Para confirmar essa crueldade, logo a chuva nos surpreendeu.

O solo muda com a chuva. Torna-se ainda mais hostil. A terra agreste se liquefaz, o chão se transforma numa massa pegajosa, escorregadia. Os encarregados de meu leito-embarcação submergem, escorregando no solo descomposto. Abandonam-me sob a chuva e procuram o abrigo precário das pedras. Sozinho em meu barco de dores, naufrago, me afogo com as gotas que ultrapassam a cobertura e me encharcam, num suplício lento e doloroso. Nos meus olhos inflamados pela falta de sono, as gotas se solidificam em pérolas, que me cegam.

Quando passa a chuva, os carregadores, inexperientes, não sabem – ou não desejam – fazer os camelos continuarem seu caminho. As mulheres lançam seus lamentos ululantes e envolvem seus rostos nos panos finos de algodão. Os homens se rendem às dificuldades, alegam ser impossível continuar a se equilibrarem, carregando meu esquife. À força, retiram-me de meu leito e me amarram no dorso da mula, que escoiceia, tentando se livrar do fardo. As dores que sinto são ferozes, violentas, cataclísmicas. Os homens imobilizam minha perna, atam-me sobre o animal, mas o suplício se amplia, é impossível manter-me sobre a besta. É preciso voltar ao barco encharcado, que ameaça se desfazer a cada passo.

A chuva volta a cair. A coberta, que devia me proteger do sol, constantemente fustigada pelo vento, se abre e me molha, e também atrai todos os insetos que, assanhados pela chuva, procuram o abrigo relativo de minha cobertura.

Seria preciso sofrer mais? A cada escorregão da aranha desconjuntada, meu corpo todo estremece, jogado de um lado para outro. Tenho que me segurar nas barras de madeira até que meus dedos sangrem e meus músculos se esgarcem, doloridos. Sou uma chaga só, um fardo de dor e desespero. A quantos deuses terei ofendido para ser de tal maneira perseguido?

CREIO ESTAR NO INFERNO, PORTANTO, ESTOU

— Creio estar no inferno, portanto, estou. Escuto uma voz que repete essas palavras e julgo reconhecê-las. Essa é uma frase que eu teria dito, até mesmo escrito, numa outra vida. No entanto, amava o deserto. Regido pelo Sol, um dos deuses de minha preferência, Apolo, o grande cantor, o deserto me atraía, prometendo-me suas paisagens queimadas, as casas desbotadas de tanta luz, as vielas malcheirosas e as bebidas mornas, que exacerbavam ainda mais a sede. Sonhava com o dia da partida, quando deixaria a Europa, frígida, para trás e aspiraria com frenesi o ar marinho. Pois também amava o mar e confundia os dois. Mar e deserto, ambos eram a eternidade, os pastos onde o fogo de Apolo vinha brincar e criar seus mais belos desenhos. No mar eu talvez pudesse lavar minha mancha original. No deserto eu talvez pudesse me encontrar, ao me perder para sempre.

Houve um tempo em que podia profetizar. Escrever, para mim, era vivenciar o futuro, com seus êxtases e suas decepções. Homem de muita fé, podia prever até minha própria morte, entre os padecimentos e os incensos da religião que abominei por muito humana. Houve um tempo em que me situei fora dele, como um mito.

Delirante, pude profetizar a vida que viveria. Ou talvez tenha sido por artes da alquimia, que transformei a vida e fiz do meu ouro o chumbo que me acompanhou até a última morada, e que encapou, uma por uma, minhas penas de voar. Sobraram-me as do sofrimento, e com elas é que alcei voo dentro de uma gaiola balouçante.

    Deliro, eu sei. Lucidamente deliro, única maneira de suportar o que ninguém pensaria. A gaiola é a cama fétida em que me agarro a caminho para o mar. Na costa do mar azul – O – os clamores do silêncio sufocarão estes gritos que minha garganta, ressecada de sede, solta sem parar. Ah, ser capaz de voltar a mergulhar no silêncio, ao mergulhar na luz violeta do mar. O vermelho do sangue se dissolvendo no azul, o azul do princípio e do fim, do sentido absoluto da esperança e da resignação do desespero. Azul, O, onde tudo se encontra no círculo sagrado que nos protege e nos isola, aprisionando para sempre nosso ser.

    O mar, azul, se enuncia vermelho. A cidade é feita de pedras incandescentes. Até lá o caminho se estende, podre de lama e de dor. Pego um papel e desejo escrever, mas as palavras foram todas escritas numa vida anterior. Agora o que escrevo já não se alça das páginas e paira sobranceiro como uma nobre ave. Minhas palavras agora saem como abutres de curtos voos concêntricos, esperando para voltarem-se contra mim mesmo. Elas me perfuram o corpo com suas violentas arestas, bicos danosos e danados. Minhas palavras saem rastejantes como hienas famintas, seu hálito fétido empesteia o ar que respiro. E ressoam como risadas cáusticas.

    As mulheres calaram seu ulular. Os homens já não repetem os versos sagrados. Somente as gargalhadas ecoam, explodem em cada gota de chuva e combinam seus sons com os meus gritos de agonia.

OUTROS PASSOS

Há quatro ou cinco dias que caminham, trôpegos, esses homens de braços que parecem árvores. Com eles segue meu esquife, quase naufragado. Descemos dos altiplanos da Abissínia e mergulhamos cada vez mais fundo no caldeirão onde todos os pecados se desfazem em desespero. Passamos por Balawa, Gildessay e Barissa, lugares de nomes sonoros, mas que não passam de aglomerados de choças de telhados cônicos, quase cômicos. Tropeçamos, escorregamos, descemos. Meu corpo dolorido está cada vez mais fraco, mais sofrido. Minha pele, escurecida pelo sol, parece um pergaminho onde se desenha, maligno, o mapa do inferno. Quando olho para minha perna direita vejo o texto que meu corpo escreve à minha revelia. Conheço tantos idiomas, mas desconheço completamente os vocábulos que traduzem a minha própria paixão. Não consigo decifrar o que me espera.
 Cores consonantais, indizíveis, matizam meus martírios. E chove sem parar. Espicaçado pela urgência da dor, agora me vejo obrigado a esperar os camelos, que tardam. Nenhuma comida, nenhum abrigo. O dia nublado, cortinas de chuva, a imobilidade – torturas. Um piedoso atirou sobre minha liteira uma pele, das que trago para vender. Este é meu único abrigo. A chuva não cessa. As gotas escorrem pelo meu rosto. Lembro-me de um tempo em que me era possível chorar.

Lágrimas de desânimo, lágrimas de frustração, lágrimas de medo, até mesmo lágrimas de dor já desceram pelas minhas faces. Eu podia chorar, e era com a tinta diluída em lágrimas que escrevia as palavras que me contavam e me construíam. Trancado no quarto de minha juventude, entre livros que tinha lido ou que sonhava escrever, assistia meu próprio parto, entre dores e sangue, e era soluçando que compunha cada sentença. Minha sentença fatal. Naqueles tempos de violência, a dor era uma provocação a mais, outro desafio. A dor agora é a minha essência, tudo o que sou é um ser em sofrimento.

Meu cortejo, desfeito, atola na lama. O rio transborda, é impossível passar. Quando estia, e o rio volta a seu normal, o dia já vai alto. É quase meio-dia. Recomeçar é difícil, os camelos recusam a carga, os homens se atrapalham. Minha liteira parte assim mesmo, apressadamente desajeitada, deixando-os para trás. Logo volta a chover, em gotas grossas, importunas. A chuva ininterrupta não nos lava: apaga nossas feições, destrói-nos. Nem mesmo a fome consegue desenhar seus esgares nas faces enlameadas. Às quatro da tarde já não podemos mais prosseguir, paramos em Wordji. Há muito não comemos, já que nossos camelos tardam, perdidos na tempestade. A madeira de meu leito está encharcada, a umidade toma conta de meu colchão e invade minhas narinas, com um cheiro de podridão. Depois percebo que o que cheira mal é a ferida que se abre em meu joelho e que mina pus, lenta e persistentemente.

III

Dizem que, ainda em Paris, Paul ensinou-o a beber absinto. Ele mesmo não podia passar sem a "fada verde", sedutora e viciante, que o deixava tão descontrolado e violento. Ia com seu amado para a Academia do Absinto, bar que ficava na Rue St. Jacques e lá cumprimentavam os quarenta barris de absinto, enfileirados como os membros hirtos e solenes do parnaso terrestre. *Je vous salue, Augier; Lebrun; Dufaure...* Dizem que os dois poetas, debochados, saudavam cada barril, em seu *habit vert*, pelo nome, fazendo uma mesura um pouco mais reverente ao chegar ao barril 14: *Je vous salue Victor Hugo!* Dizem que eles então soltavam gargalhadas estridentes e recitavam alto seus versos zombeteiros e paródicos enquanto cumpriam o ritual da bebida, a colher especial postada sobre o líquido verde, equilibrando o torrão de açúcar que se derretia com a água despejada e se misturava ao licor de cheiro forte e gosto amargo, que às vezes escorria por seus queixos e manchava seus colarinhos encardidos. Os dois bebiam até ficarem atordoados, nauseados. Muitas vezes seus estômagos, revoltados, se rebelavam e devolviam o líquido a que se juntara a bile de seus fígados irritados. O *absomphe* não era o bastante para provocar o desregramento de todos os sentidos. A vertigem precisava ser encontrada através de outros abusos, perseguida em paraísos artificiais criados pelo ópio e pelo haxixe, combinados com os delírios da própria fome.

As portas se fechavam para os dois. E eles se fechavam em cortinas densas de fumaça, sentados em poltronas arrebatadas, no fundo de salões escuros e habitados apenas por outros sonâmbulos intoxicados. Enquanto ele se entregava inteiramente aos sonhos provocados, o poeta feio hesitava, indo e voltando para a mansão pretensiosa de Montmartre, onde chorava arrependido e se agarrava ao corpo de sua mulherzinha, ou, violento, puxava-lhe a cabeleira, apertava seu pescoço até sufocá-la. Dizem que, certa vez, colocou fogo nesses cabelos com a vela, e ria dos gritos desesperados de Mathilde. De outra feita foi ao próprio filho que agrediu. Um bebê jogado contra a parede, sem piedade. Dizem que Mathilde, amparada pelo pai e pela mãe, deu um ultimato ao poeta feio, e exigiu que ele abdicasse da companhia do outro, insuportável, rebelde, instigador de todos os vícios.

Dizem que, cansado de viver em mansardas e de passar temporadas nas casas de anfitriões a quem exasperava, o jovem resolveu voltar mais uma vez até Charleville. Mas, antes, dormiu em quartos de empregada na Rue de Buci, onde se postou nu e curvado sobre os telhados do Quartier Latin, expondo seu corpo branco e leitoso em posições forçadas, enquanto atirava longe suas roupas infestadas de piolhos. Ou, vivendo na companhia de outros poetas e artistas, não hesitou em rasgar as páginas das revistas onde apareciam impressos os versos de um deles, medíocres em comparação aos seus, e servir-se delas como papel higiênico. Talvez mais grave tenha sido o fato de ter batizado o leite que um de seus anfitriões tomava todas as noites, com seu sêmen, como se fosse um Apolo oferecendo seus dons a Cassandra. Tal como a sibila, Cabaner, ao saber o que o amigo fizera, cuspiu, repugnado. E, revoltado, expulsou o poeta rebelde de seu último refúgio em Paris. Uma por uma as pessoas iam desistindo do anjo poético, sujo, bêbado, desbocado e obsceno. Agressivo, até mesmo nas reuniões dos grupos literários conseguiu excluir-se. Diz-se que pontuou com a exclamação Merda! cada um dos versos do poema de Auguste Creissels e que atacou Carjat a bengaladas; que inimizou-se com todos com quem conviveu na cidade. No entanto, a foto tirada por Carjat, a imagem mais conhecida das poucas que nos deixou, é de uma comovedora fragilidade. Seu rosto sério, olhando um pouco para a esquerda da câmera, como se visse algo que ninguém mais podia ver. Sua boca carnuda que se dobra ligeiramente num amuo, seus cabelos cortados e penteados se arrepiando em tufos desacostumados de pente. A comovente gravatinha torta, caindo sobre seu coração maior que o mundo. Um menino ainda, provavelmente imberbe, e já tão solitário quanto um semideus, infeliz como um dos escolhidos do gênio. Ou, se preferirmos olhar para o quadro de Fantin-Latour, veremos esse mesmo rosto ainda redondo e infantil, um pouco mais inchado talvez pelo absinto ou pelo haxixe, os cabelos crescidos, revoltos, formando um halo ao seu redor. Ele dá as costas ao grupo, repudia as figuras comportadas ou estereotipadas. Somente o poeta feio o liga aos outros, ele, tão ou mais corrompido que o jovem, mas que se mantinha em cima do muro, recuando nas ofensas feitas, amenizando as agressões provocadas pelas bebedeiras, mantendo um pouco as aparências.

Dizem que Paul voltou para sua Mathilde e que isso forçou seu amante a voltar para a casa materna, de onde manteve uma correspondência dupla com seu parceiro. Havia as cartas "para serem lidas por bisbilhoteiros". E havia as cartas cifradas nas quais eles faziam planos de fuga, uma fuga a dois, para onde pudessem se sentir livres, e onde pudessem trabalhar e estudar. Enquanto isso, Paul posava de marido arrependido. Suportava a mulher, suportava o filho, suportava a reprovação dos sogros, suportava os temores da mãe. Só não suportava as saudades de seu parceiro e ansiava por reencontrá-lo. E afligia-se com supostas perseguições políticas, que o desculpavam perante a família e os amigos. Dizem que esta situação teria se prolongado indefinidamente se não fosse o encontro dos dois, no dia 7 de julho de 1872.

Paul ia comprar remédio para Mathilde. Esqueceu-se. Comprou as passagens de trem para a aventura de uma vida sem limites nem limitações, em busca da liberdade livre de seus versos.

DEPOIS DO DILÚVIO

Sábado, 11 de abril de 1891. Quando a chuva parou, mandei os homens à procura dos víveres. Os camelos finalmente chegaram. Estávamos há 30 horas sem comer, 30 horas do mais completo jejum. Alguns dos homens mastigavam insetos que conseguiam aprisionar. As mulheres colocavam a ponta de seus trajes molhados na boca e sugavam o tecido, enganando a fome. Minhas entranhas faziam ruídos altos, e eu me sentia desfalecer. Os insetos voejavam loucamente em torno de rostos, de excrementos e da minha chaga, aberta como uma flor de cacto.

Retomamos o caminho, mais frio, cada vez um pouco mais frio, como se carregássemos o frio dentro de nossos próprios corpos. A chuva tinha parado e o vento soprava, enregelante. Meu corpo desidratava-se e secava. A madeira secava, estalava e rachava. O colchão tinha perdido sua uniformidade e agora, em calombos e falhas, exalava o cheiro que havia absorvido de meu corpo. Eu me arqueava, os dentes cerrados, os olhos entrefechados, padecendo ainda mais do que supunha conseguir aguentar. Quando chegou a hora, me acomodaram sob telheiros e abrigos toscos. Alguém me trouxe uma porção de mingau, de *injera*, e as últimas frutas trazidas de Harrar. Mas era impossível comer. Meu corpo não aceitava nada que não fosse água. Um frio glacial veio acompanhar a noite. Exaustos, os homens dormiram embolados, aquecendo-se uns aos outros com o calor de seus corpos. Minha boca, rachada, cerrava-se para não deixar escapar os gemidos inúteis. Estremecendo, ecos de versos antigos pareciam ressoar em meus ouvidos. Era apenas o vento. Não existiam mais palavras que me atormentassem, pois todos os tormentos passaram a ser físicos, concretos e cada vez mais difíceis de aguentar.

Ao amanhecer, retomamos o caminho. Os passos irregulares dos carregadores, as passadas firmes dos camelos me embalavam. Em breve eu escutava também os sons do deserto, seu constante sussurrar, seus apelos que chamam as estrelas que enlouquecem de desejo e se atiram, ansiosas, naquele lençol estendido para o amor dos astros. Incapaz de dormir, torturado de dor, o esplendor do céu me distrai de meu padecer. Em nenhum lugar do mundo o céu se mostra tão belo quanto sobre o deserto. Compensando a solidão e a aridez da terra, o céu se compadece e se revela grandioso. Durante o dia, em sua imensidão, os desenhos das nuvens nos fazem compreender os ventos, seus mais fiéis visitantes. Sempre passando por ali, ora numa, ora noutra direção, assemelhando-se a uma dona de casa entediada, que mude os móveis de lugar, o vento vai redesenhando dunas, criando ondas, esculpindo pedras e modificando a vegetação. Ele traz consigo sementes que talvez nunca germinarão. Compreendo agora que vim para cá assim como essas sementes. Poucas chances eu tinha de brotar. Era improvável que germinasse, que de mim, finalmente, surgisse a enorme acácia que causaria espanto ao mundo. Uma árvore plantada em meio ao deserto, surgindo como um milagre na sua agreste beleza, servindo de referência aos povos...

Em minha primeira passagem pelo deserto, falei com pessoas que nunca tinham visto uma árvore. Tentava descrever o que era o tronco, como ele se repartia em galhos e como esses galhos, brotando em milhares de folhas, elevando-se acima dos homens, podiam formar uma tenda verde, tão cerrada que não deixasse a luz do sol passar. Os beduínos me olharam desconfiados, sem poder acreditar em minhas palavras. Eu insistia, descrevia uma e outra vez, falava dos frutos doces que se penduravam como enfeites naquelas amplas e frescas tendas, contava do sabor doce que tinham e do sumo abundante, generoso, que nos escorria da boca ao mordê-los. Os homens se entreolhavam e sorriam, incrédulos. Nós habitávamos mundos diferentes. No mundo deles, as árvores eram incompreensíveis. Não podiam existir. No meu mundo, tudo existia. Mas eu fazia questão de apagar...

No meu mundo, os rios se estendiam preguiçosos. Um rio largo e remansoso, de águas escuras, onde os barcos apodreciam, esquecidos nas margens, sob a frondosa copa de uma árvore. Embarquei nestes barcos abandonados e neles sonhei como sonham os infelizes. Debruçado sobre as águas, o rosto submerso até sentir os pulmões ardendo, abria os olhos sob a água turva e julgava ver as cenas que tinha imaginado a partir das leituras. As águas passavam lentamente. As horas passavam lentamente. Os dias eram longos, monótonos. Sem os livros, minha vida seria tão semelhante à existência de uma pedra que eu às vezes me admirava de poder me mover. E, para evitar transformar-me em uma estátua, começava a andar. Um passo após o outro. Um passo de cada vez, tentativamente. Começava a andar e encontrava um ritmo. Minhas pernas, longas e fortes, se mexiam no compasso de meus pensamentos, cada vez mais céleres, e iam me levando para longe. Pelas ruas. Pelos terrenos baldios. Pelas estradas, pelos campos cultivados. Pelas florestas sombrias e frescas.

    Eu atravessava pontes. Caminhava saltitando entre os dormentes de uma estrada de ferro. Minhas botas se gastavam enquanto minhas pernas se fortaleciam e cresciam, longas, capazes de me levar cada vez mais longe, embora nunca tão longe quanto minha imaginação. Eu viajava no espaço e no tempo. Ziguezagueava entre o futuro e o passado, saltava o presente e, com palavras que ia murmurando sem sequer notar, criava o meu próprio mundo.

IV

Dizem que tua cidade natal atrai peregrinos, em busca de teus vestígios. Homens e mulheres pisam, com unção, as ruas antigas, sem reparar que as pedras do calçamento foram substituídas por asfalto. Caminhando, esses sonhadores olham com admiração as placas das ruas. Entram em casas vazias, tocam as paredes à procura de um resto de calor. Fazem silêncio, aguçando os ouvidos, para tentar escutar o eco de algum gemido.

Há retratos de pessoas trancadas na latrina de tua antiga casa, filmes de pessoas desnorteadas, ofuscadas pelo brilho de uma estrela que fez questão de se apagar. A praça, enorme e vazia, com arcadas de tantos séculos, procura colaborar com esses delírios. Nas pilastras, já carregou pôsteres com teu retrato, montagens fotográficas que colocam teu rosto angelical sobre corpos modernos, com jaquetas de couro, camisetas com fragmentos de versos de protesto. Estranhamente teu rosto combina com essas figuras de hoje, roqueiros de apertadas calças de couro, armados com suas guitarras e seus violões. Ou jovens estudantes idealistas, com livros nas mãos, são legitimados pelo teu olhar distante e claro, de visionário. Uma legião de sombras, capturadas e impressas em papel, povoa teus caminhos. Mas os habitantes da cidade diferem muito de tua figura esguia e abstrata. Indiferentes, eles se esconderam nas casas que parecem desabitadas. Nas ruas, não se encontram transeuntes, todos circulando apressados dentro de carros que os levam – para onde? – aos seus destinos. Um restaurante, onde se acotovelam homens de meia-idade e senhoras respeitáveis, talvez. Nas paredes, teus versos magníficos velam sobre os pratos pesados da culinária local. Os molhos de vinho e alho se evaporam em nuvens odorantes e, pouco a pouco, vão cobrindo de gordura as palavras que ninguém mais lê. Somente uma turista solitária, pensativamente mastigando seu naco de carne, a salada bem temperada e o vinho que a aquece na fria noite de verão. Pois mesmo no verão a temperatura cai, e a umidade enregela os dedos de quem espera surpreender, nas ruas vazias, o teu fantasma.

A cidade decai. O cinema, fechado, cai aos pedaços, exibindo ainda os cartazes de antigos sucessos comerciais que não tiveram retorno suficiente para mantê-lo em funcionamento. Não há um teatro, a não ser o de marionetes. Teu berço adquiriu fama e reputação por ser a capital mundial de marionetes. Mas, neste dia de verão, as portas do teatro estão fechadas. Ninguém se aproxima. Ninguém cruza a praça para se divertir ou para aproveitar a sombra generosa das árvores, nem os raios do sol desmaiado que só parecem interessar aos pássaros. Um homem sai de uma garagem, empurrando uma enorme caixa de lixo e a deixa junto ao meio-fio. Depois volta a se trancar no prédio sombrio, de portas altas e reforçadas como as de uma fortaleza.

Dizem que vários poetas e cantores de rock vieram te procurar pela cidade enigmática, que exibe teu nome e teus retratos por toda parte, mas que não guarda lembranças tuas. Todos esses romeiros batem à porta do Museu que leva teu nome e se admiram com um acervo escasso, ralo, quase todo feito de cópias ou reproduções. Talvez alguns seres mais sensíveis se emocionem com teu baú de viagem, com o colorido das duas mantas africanas, com os talheres enferrujados que um dia trouxestes de volta do Harrar.

Mas não sobrou outro pedaço de pano, sequer. Tua mãe não conservou nenhum sapatinho. Tuas roupas simples, que tu mesmo costuraste, foram descartadas, usadas, talvez, como panos de chão, para esfregar o assoalho da casa de fazenda que desapareceu, ruiu. A gravatinha torta, que nos comove na fotografia, talvez tu mesmo a tenhas vendido, para obter dinheiro para comer. E teus poemas, teus cadernos de escola, tua letra miúda para economizar papel, disso só se exibem fragmentos, cópias, fac-símiles.

Penso numa dessas visitas, uma mulher de aparência andrógina, como a tua poderia ter sido. Ela julga ter sido salva pelos teus poemas. Ela te idolatra e te copia, em tudo, menos na ânsia de apagar os próprios traços. Ela percorre teus caminhos, senta na tua latrina e grita merda, merda, merda. Ela caminha pelas trilhas e pelos trilhos e fotografa todos os momentos, filma cada segundo, grava cada palavra, registra e faz publicar todas as suas ações. E é assim que a vemos descer pelas escadas do prédio em que tua família viveu, um prédio vazio, habitado por imagens e sons, por luzes confusas. Aquele foi teu ponto de partida para muitos caminhos desolados. Aquele nunca foi teu refúgio. Não foi ali que te abrigaste. Naquelas janelas, que contemplam o rio preguiçoso, que são batidas pelo vento e pela chuva, arquitetaste fugas. E, estranhamente, é ali que procuram te encontrar.

AGONIA

Quantas vezes morri? Pois é um erro pensar que só se morre uma vez. A morte é recorrente, a cada dia um pedaço de nós se apaga, mas a impressão que temos é que, enquanto morremos, os seres odiosos que nos rodeiam se perpetuam, imortais. Toda uma corja de hipócritas, de enfatuados, de nulidades assumem posições de destaque; estatuescamente se imobilizam nos nichos e impedem que os ares da modernidade arejem as mentes e os corações. Todos se acorrentam em suas posições. Um é mestre, outro é bibliotecário, uma é mãe, outra é vendedora, um é dono, outro é policial e todos eles exercem poderes incompreensíveis, pois se chocam com a humanidade e com os ideais. Liberdade, igualdade e fraternidade. Mentiras! Enganos! Na verdade só o que se conhece na prática são os pequenos poderes que esses seres acorrentados usam como uma consolação pela sua própria falta de liberdade.

Pensei que os escritores, que os poetas, fossem seres acima dessas mesquinharias. Na minha ilusão, julguei que o talento, que encharcava cada célula do meu corpo ainda franzino, seria reconhecido por aqueles que acreditei serem irmãos. Julguei que os proscritos seriam perdoados através de seus versos. E que seria amado e respeitado porque, dentro de mim, um deus havia feito sua morada. Eu me sentia um vate. Aquele que pode prever o futuro, um sacerdote da Verdade e da Liberdade.

A morte deste ser que um dia fui me fez passar pela pior das minhas agonias. Entre uivos de dor e de desespero fui capaz de descrevê-la, com uma lucidez que até a mim mesmo me assombrou. E renasci.

É intrigante pensar que, enquanto morria, eu podia escrever. Escrevia porque o ser que eu havia sido ainda respirava e sentia. Nos seus delírios de moribundo julgava que as palavras ainda significavam coisas mais preciosas do que a posição social, o trabalho, a posse e o poder. As palavras eram nosso alento divino, nosso único liame com Deus, mas não com esse deus de catecismo, irado e rabugento como um nobre ameaçado. Não o "senhor" que nos quer prostrados e cordatos como ovelhas. Mas o Deus que nos colocou acima do natural e nos permitiu reconhecer o sublime. O Deus poeta e criador, talentoso e perdulário, que esbanjou belezas e perfeições em feras e até em flocos de neve, esquecendo-se de aperfeiçoar nossas sensibilidades. Olhando para nuvens e céus mutantes, admirava-me de um espírito capaz de fazer tanta beleza para que um capricho de vento, um apagar de luzes viessem desmanchar. E depois entendi que era assim mesmo que devia ser a Arte. Livre. Arte é "liberdade livre". Generosa, para todos e para ninguém. Pois a beleza dos céus e das nuvens existe mesmo que não haja ninguém para apreciá-la. E daqui a pouco essa beleza terá se transformado e desaparecido para sempre, sem deixar traços. Sobretudo sem deixar traços. Uma vaga lembrança nos olhos que um dia a contemplaram. E, quando esses olhos se fecharem, nem mesmo isso. Mas a obra é grandiosa. E não precisa de críticos, de amigos, de protetores, de editores e de seguidores. Ela existe livre de tudo, acima de tudo, apesar de tudo.

Nos meus primeiros anos a arte me sustentou. A beleza me alimentou. A imaginação me embalou. A poesia me fortaleceu. Eu morria de fome e de frio, e continuava insistindo, acreditando. Aqueles que deveriam me reconhecer como poeta me ignoraram. E seguiram cultuando seus versinhos medíocres, estampados em revistinhas autocongratulatórias. Sentindo-se superiores a mim quando, em verdade me digo, foram piores que as hienas que um dia vim a conhecer. Estas prestavam um serviço, se atirando às carcaças malcheirosas e evitando que as doenças e os ratos invadissem o lugar. Eu precisei viver sob o domínio dos ratos. Mas me rebelei. Lutei. E sucumbi, sem glória, sem compreensão. Um vencido, moribundo enlouquecido de dor e mesmo de medo. Batendo nas paredes com os punhos fechados, com a testa onde o conhecimento da morte torturava minhas certezas. Mas, na dor, meus gritos foram de beleza, e permanecem.

FÁRMACOS

Tentei me curar. Raspei a cabeça e untei-a com essência de violetas. Era assim que os doutores do passado pretendiam tratar dos loucos, dos desvairados. Está escrito, nos livros antigos, que as dores de cabeça são produto de orgulho e de falta de humildade. *Inflatio capitis*. Raspando a cabeça dos pacientes com enxaqueca, Hugues de Fouloi acreditava eliminar as cogitações supérfluas. Todos os meus pensamentos eram supérfluos? Numa sociedade em que o que importava era o pão, o ouro, o poder, meu desejo de liberdade total, minha certeza de que qualquer frase minha valia mais do que os tratados de retórica que me obrigavam a estudar, todas as minhas ideias eram supérfluas. Raspei os cabelos. Juntei-os e atirei-os no fogo. O odor que exalaram foi próximo ao infernal. Eram pensamentos impuros, sem dúvida, a julgar pelo cheiro. Depois, seguindo a receita do século XII, passei por todo o crânio a essência de violeta. A plantinha humilde, escondida, que passa despercebida nos jardins, com sua insignificância poderia servir de antídoto aos meus sonhos de grandeza. Impedir todas as cogitações disparatadas. Se a humildade é o antônimo do orgulho, a flor poderia curar os pensamentos que faziam minha cabeça inchar de sonhos e de presunção. Mas, antes mesmo que meus cabelos crescessem, cada vez mais escuros, perdendo o dourado infantil que um dia iluminou meu rosto, as dores voltaram. Pois, mesmo raspado, mesmo com o ardor dos cortes involuntários, deixados pela navalha, mesmo com o cheiro doce das virtudes cristãs me atormentando, tudo o que minha cabeça pensava era poético. Violento. Arrebatador.

 Antes, em Paris, tentei anestesiar todas as ideias. Tomava absinto, mas ao invés de me deixar docemente indiferente ao mundo, o álcool só me fazia ainda mais sofredor. Desmaiar para acordar entre dejetos, sujo, fedido como um cadáver em decomposição. O mal recrudescia, tornava-se tormento. Era o desespero. O fumo do ópio era mais amigo. Indolente, eu me afundava numa poltrona gasta e perdia a consciência da dor. Devaneando, o dia passava. A noite me encontrava ainda sonhando, mas o dia sem alguma droga era atroz. Queria me perder nas brumas, outra vez, mas onde encontrar o dinheiro que me daria mais uma dose? Prostituir-me? Sim, me vendi inúmeras vezes, em troca de alguns instantes de oblívio. Tomaram-me. Usaram-me. Abusaram de meu corpo, que, de tão maltratado, nem conseguia segurar dentro de si a merda que nos sustenta. E logo eu repetia tudo outra vez. O absinto, o ópio, o haxixe. Tudo o que encontrava e que me deixava em transe, por momentos, por dias, por um segundo que fosse. *Paraísos artificiais*, como anunciou o poeta. Infernos concretos entre doses. Faltava ainda o escritor que esclareceria: "Os verdadeiros paraísos são paraísos perdidos..."

V

Dizem que foi entre gritos que ele escreveu o único livro que publicou. Um longo parto, agoniado. Imagino sua mãe e suas irmãs, assustadas com a intensidade da dor. Dura, disciplinada, desapontada, a mãe aperta os lábios e finge ignorar os ruídos. E proíbe as filhas de baterem à porta do irmão. Coloca algodão nos ouvidos, para conseguir dormir. Precisa acordar cedo, supervisionar os trabalhadores. Se ela não está presente, o leite demora a ser tirado, os homens se retardam pela cozinha, tomando mais um gole do chá que ela mede com extrema parcimônia. Eles que colham ervas e preparem suas tisanas! Ela só lhes oferece uma xícara, um pouco de creme, a fatia de pão rústico que, mesmo dormido, é saboroso. O cheiro da sopa forte começa a se desprender das panelas. Muito repolho, os ossos de tutano servindo para engrossar o caldo, cebolas, a carne se desprendendo dos ossos, de tão cozida. Uma rotina diária, dura e singela. Trabalhadores despachados para o campo bem cedo, estômago apenas forrado, mais tarde, no meio da manhã, a refeição forte servida depois que eles se asseiam um pouco com a água despejada no bebedouro dos animais. O calor os faz transpirar, e alguns tiram a camisa e exibem o tronco forte, os músculos saltados brilhando ao sol. Os rostos e braços muito queimados não combinam com a pele clara de seus torsos. As linhas sulcadas nas faces os envelhecem prematuramente. A mãe demora os olhos sobre os corpos masculinos. Ela ainda se perturba com a visão, que lhe traz lembranças de um garboso capitão, alto, bigodes bem desenhados, cabelos cortados curtos, mas brilhantes como ouro. Um inútil, só sabia plantar uma única semente, e nunca esteve presente na hora da colheita. Todos os seus partos foram solitários. E para conservá-lo ao seu lado, foi preciso mandar as crianças para serem aleitadas no campo, por mulheres de tetas fartas e de sorrisos falhados. Ela enfaixava o corpo, aprumava-se rápido, para ver se evitava a iminente partida. Embrulhava-se no xale e ia pelas ruas, para ter a certeza de que nenhuma outra sirigaita estaria sentindo as carícias do bigode bem desenhado, nem percorrendo com os dedos as costas largas, os quadris estreitos, as pernas musculosas e longas que se embolavam nas suas na cama que ela perfumava com alfazema. De madrugada, o corpo doído, ela se ajoelhava ao lado do leito e rezava. Queria pedir perdão pela luxúria, mas só sabia agradecer a Deus pela dádiva de um homem forte, disposto, que sabia lhe dar prazer mesmo quando ela se retesava, assustada com a própria capacidade para o gozo.

Agora, nas manhãs de verão, seu semblante duro não deixava entrever os traços de prazer. As orelhas protegidas pelos chumaços de algodão, os cabelos amarrados num lenço enxovalhado, ela enrolava as mãos no avental para evitar a tentação de sentir os dedos deslizando pelas costas firmes, prematuramente curvadas, dos lavradores. Levantava o pano engomado até o nariz, para afastar o cheiro dos homens, e levantava os olhos para a janela da mansarda, onde os gritos finalmente cessavam.

Dizem que a cada manhã suas olheiras escureciam mais um pouco, suas mãos tremiam, mas ela se mantinha empertigada, aparentemente indiferente. Até que uma noite os gritos não se fizeram ouvir. De olhos abertos e secos, ela se libertou do algodão, suspendeu a respiração, mas o silêncio povoado de mistérios desceu sobre a fazenda. Ela sabia que ele se fora. Mais uma vez a abandonara, escutando algum clarim longínquo que o chamava a distância. Ele tinha calçado as botas gastas, vestido a camisa e o paletó fino, colocado o cachimbo no bolso de cima e saído silenciosamente, como um gato, as mãos, ainda manchadas de sangue e de tinta, enfiadas nos bolsos. Um passo de cada vez. Se deixando levar, tropeçando no escuro, sem se despedir.

PENSAMENTOS

Ulisses naufraga, ao regressar. E é então que começa seu poema. Falta pouco para a sua história terminar. Será que ele sabe disso? Tantas vezes recomeçou do nada, tendo que se agarrar a restos de madeira, a um pedaço de barco rejeitado até pelo oceano. Tantas vezes seus olhos choraram as perdas, teria ele ainda lágrimas para chorar?

O herói, o homem astuto, em que praia se perdeu? Chega em sua terra e já não é mais do que um mendigo. Disfarce, que seja! Sua escolha o define. Ele chega destituído de tudo. Não possui mais do que sua história. E mesmo esta precisa ser silenciada, uma história feita de farrapos, de cicatrizes, de faltas.

No salão dos poderosos, ensaia as palavras que emocionam. Torna-se belo. As palavras o envolvem em sua magia e lhe devolvem, na narrativa, o sentido perdido. Mas quem é o dono da trama que se desfaz e refaz? A mulher distante, intangível. A mulher. Esposa? Mãe? A mulher que evita os homens, a mulher que transcendeu seus papéis e, de longe, desfaz o passado e constrói seu cotidiano.

Ulisses, o náufrago? Ulisses, o prudente? O homem que se amarrou ao mastro para não se perder no canto das Sereias? Ou Ulisses, o ridículo, o louco, o ladrão; Ulisses, aquele que nunca comandou seu destino, cuja habilidade toda consiste em driblar a trama que lhe tecem ao longe, a partir de sua terra natal, com seu próprio cordão umbilical?

A história vem distorcida, mas as histórias são sempre distorcidas. As histórias existem nas repetições, nas transformações de quem as repete. Nunca mais ouviremos a voz fraca do mendigo sonhador. Agora é a voz interna de quem lê estas palavras que vou reunindo, num jogo de quem compreende que a escrita se dá na própria leitura. Daí esse silêncio. A espera de que as mentiras se dissipem. Todo o escrito será examinado, analisado, interpretado. Tudo o que já foi dito se transformou, num fatal sortilégio, em condenação. Vidente, transformei o jogo. Quis narrar antes mesmo de viver. Procurei oferecer caminhos, mas só consegui bater às portas fechadas e cansei. Aos poucos me modifiquei, reinventando-me.

VERSÕES

Qual a melhor versão? Rio por dentro, pensando naqueles que se debruçam sobre as histórias contadas e tentam decifrar o meu enigma. Sou e não sou. Tenho uma sobrevida que não combina com a imagem que projeto. No tempo, vidente que sou, vejo o ano em que minha imagem adolescente adornará recantos inesperados da cidade abandonada. Nunca me encontrarão lá. Não com aquela luz no olhar tão azul que herdei de antepassados tão primitivos quanto eu. Se regressasse, seria com o rosto magro e vincado de sol. Sem meus cabelos luminosos, antes grisalho, um velho incapaz de esperar a velhice chegar. Meu corpo seco não provocaria mais o desejo. Um olhar e só encontrariam as sombras em que me abriguei.

De todas as possíveis narrativas, qual devo elaborar? Aluno exemplar; adolescente rebelde; poeta precoce; o esposo infernal; vidente; estudante aplicado; viajante; marinheiro; assassino; aventureiro; traficante de armas e de escravos; um mártir; um santo; um homem aprisionado no silêncio? São tantas as coisas que nunca cheguei a ser, que posso enveredar por qualquer descaminho.

Demônio ou profeta, entre gritos e silêncios profundos, sou aquele que conheceu a fome e a sede. Aquele que esposou a solidão grandiosa. O que aprendeu todas as línguas. O que soletra, até hoje, o silêncio. Sou aquele que aprimorou a arte da partida. E o que regressou crucificado, entre dores, para acrescentar uma patética controvérsia aos versos mais poderosos que já foram escritos. Sou a sombra e a iluminação. Lúcifer, anjo caído. Nas minhas asas, as penas pingam tinta e conspurcam minha pureza. Manchadas as mãos, apagado o rosto, me calo. Sou aquele que, por delicadeza, abdicou da vida, mas que não deixou de viver, pois era preciso esgotar o cálice amargo da condição humana. Sou aquele cujo silêncio conta mais do que toda a aventura; aquele que se apaga para fulgurar mais intensamente. Aquele que agride, que engana, que ilude e sempre decepciona para oferecer a todos a possibilidade de se redimirem. Sou o fracasso personificado. Sou o suicida. Sou o ressentido, que se abaixa para longe da possibilidade da agressão. Sou o violento, que ataca pelo prazer de atacar, mas que nunca agride sem razão. Sou o bobo da corte, vilipendiado, esfaimado. Sou o enforcado, que em seu esgar revela o sentido do crime. Sou a vítima, que anuncia o perdão. Faço ruído demais, me agito em desespero, grito dores e tenho momentos de lucidez. Sou um homem moderno, um ser gerado pela angústia, que se explica pela insatisfação e pela falta de sentido absoluta. Sou o que se cala. Sou o silêncio. A acusação. Revelo. Desmascaro. No silêncio.

VI

Dizem...

Na minha frente os livros se multiplicam. Alguns procuram nos primeiros tempos as explicações. Há quem veja na mãe a razão de tudo. No desamor, a grande obra.

Dizem que foi a guerra. Dizem que foi a bebida. Dizem que foi a droga.

A mãe acusa o mestre, as leituras perniciosas. Os livros enganam e condenam. Ela nunca leu Dante, o poeta que, sem piedade, transformou o livro em sedutor, e, no entanto, acredita nisso. Nas leituras que faz, amplia o ato de contrição. "Minha culpa, meu pecado, nos frutos de minha luxúria não permitirei que brote a flor, não tolerarei o inseto que penetra sua corola para corrompê-la..." De nada adiantam suas palavras repetidas. De nada adianta segurar os lábios numa linha fria e reta, dura, se seu corpo arde em lembranças e se consome em faltas. Seus olhos se voltam para contratos, papéis oficiais contabilizando as perdas e faltas. O lucro ansiado se escondendo em novos compromissos. Um olho nas contas, outro nas lembranças que se cristalizam e enrijecem até se transformarem em pedras, pesando em suas pernas, em seu coração. Expelidas por sua boca sempre amarga. Pedras que podem destruir a vida e a vontade daqueles que a cercam...

Dizem...

Alguns soletram com todas as letras escandalosas o processo de humilhação. E colocam entre as páginas de sua vida, a vida do outro, a quem ele ficará associado até após a morte. É esse o castigo da paixão, como ensina Dante. Acorrentado ao outro, depois de findo o delírio, quando já não há mais encanto, e o corpo repudia o toque da perdição. As lágrimas e o turbilhão, para sempre, recorrentes.

Na memória de todos, as perversões: "Se você me ama, estende a mão sobre a mesa para eu te esfaquear. Se você me ama, me dá um tapa. Se você me ama, me agride. Com força. Mais força!" No corpo franzino as marcas se multiplicam. Hematomas. Cortes. A boca rachada. Dizem que as noites eram passadas em claro, sem que pudessem descansar, com medo de si mesmos. Que, se um dormisse, o outro o atacaria sedento de sangue e de atenção.

Impossível sair do estado de vigília. Drogados, em fugaz sossego, aguardavam a passagem do torpor para descontar no outro a falta de eternidade da paz. Paroxismos. Exaltações. E a necessidade de plateia que o outro, o filho único, mimado, violento e performático, não dispensava. Acorrentado à mãe, Paul exibia toda sua forçada infelicidade. A ela, que o desejara. A ela, que vencera a natureza e fizera do aborto um ser monstruoso, egoísta.

Escândalos. Fugas. Exibicionismo. A miséria à vista de todos. E a cobrança, contínua, incessante. A certeza de que se completavam e que se odiavam. A certeza da infelicidade, única alternativa para o tédio.

HARRAR

Por onde começamos a conhecer um país estrangeiro? Pelo olhar? Pelos cheiros? Pelos sons inusitados? Pelo sabor de seus pratos? Pela temperatura que nos arrepia ou nos aquece? Ou seria pelo intelecto, que muito antes da nossa chegada nos vai criando uma série de analogias?

 Brinco com a palavra Zanzibar. Os sons volteiam ao meu redor como as negras moscas, e suas vogais, negras, sombreiam o sol que a outra vogal, flamejante, evoca. Zanzibar... Pensei em partir para lá tantas vezes! Zanzibar... Algo neste nome me prometia acolhida, felicidade sem fim. Talvez fosse esse sorriso rubro que corta a palavra ao meio, essa fenda convidativa prometendo prazeres intermináveis. Até que um dia percebi que o nome do local me evocava uma figura do passado. O professor que me acenara com uma felicidade que não existiu para mim. Abandonei Zanzibar, assim como abandonei os sonhos do passado. Nunca mais murmurei, encantado, "Zanzibar", nem escrevi seu nome vermelho e negro como um romance. Apaguei cuidadosamente o sorriso carnal, a fenda rubra, cobri meu destino com os véus da viuvez.

 Harrar. Negro e quente. Distante. Simples. Nada mais que um obscuro ponto num mapa ainda não desenhado. Harrar. Era uma promessa, uma vila sagrada, diziam. Além do deserto, no alto das montanhas, a cidade das muitas portas, a caixa de joias da rainha de Sabá, a sede de todas as riquezas. E no caminho, antes mesmo de chegar, já me via vivendo no Harrar, um trabalhador dedicado, esperto comerciante, descobrindo riquezas e negociando fortunas. Embarcava em outro sonho, desta vez, concreto. No país dos Etíopes, escuro como os sons do Harrar. O país mais antigo do mundo, o reino mítico, origem da vida. Nos escritos gregos, uma região misteriosa, Ytiyop'ia, caras negras, existindo apesar das feras, dos desertos, do sol em demasia, da distância. Um país visceral, arrancado com força de dentro de nós mesmos, Abissínia, quase abismo, quase nada, portanto, quase tudo.

Depois da Europa gelada, depois das ilhas agrestes, depois do mar inconstante, a concretude da África. Enorme e distante. Antiga. Precária. Eterna.

Talvez tenha sido esse contraste o que me atraiu. Era lá, entre os bárbaros, que podia me redescobrir humano. Ou voltar a ser o semideus perseguido das lendas, sofrendo os grandes desastres. Na placidez da eternidade, a precariedade do presente. A desgraça. Ou a graça.

Perambulo pelas ruas. Descrevem-me como o homem calado. Receio que me odeiem, mas não me importo. Continuo silente, usando apenas monossílabos, o bastante para as ordens, para os negócios. Não me deixo enredar pelas palavras, mas elas me assombram e volteiam ao meu redor, combinando-se em frases coloridas, que às vezes escapam de meus lábios, como borboletas de seus casulos. Espantados, eles riem, seus olhos brilham com meus ditos engraçados. Sei jogar com as palavras, é um dom. Nem preciso me esforçar. Tenho ritmo e graça. E o riso dos outros me agrada, me anima. Deixo-me provocar, solto-me à luz da fogueira em torno da qual, pouco a pouco, se reúnem os homens perdidos, os sonhadores, os aventureiros e os ladrões. Cada um de nós esconde seu passado, constrói o seu futuro. Observo os rostos, escuros, queimados de sol ou densamente pigmentados, lustrosos. Ainda não cheguei na Terra dos Homens de Faces Escuras, mas, ao meu redor, todas as faces são sombrias. É com surpresa que descubro que minha própria face escureceu, que meus olhos se enevoaram e perderam o azul que os iluminaram um dia. Cinzas. Sou um homem cinzento, opaco, cada vez mais magro. Ocupo menos espaço do que nunca, me dissolvo na imensidão. Ainda posso rir, mas minha risada soa falsa. Acocorado embaixo de uma palmeira, na sombra disputada por todos, fico contemplando o mundo que insiste em desfilar à minha frente. Lá vão eles, todos diferentes, todos iguais. No passo mais ou menos firme, na barba malfeita, nos cabelos compridos ou raspados, nas roupas europeias, de gosto duvidoso, nas djelabas árabes ou nos trajes amplos das tribos que atravessam os desertos, reconheço a fibra que não se desfaz, que não se rompe, que permite que continuem vivos em suas solidões compartilhadas. Italianos e ingleses, tão diferentes entre si, aqui encontram os pontos em comum que os tornam iguais aos *frangi*, os franceses sobreviventes, crestados pelo sol e esculpidos pelo vento seco. Todos se igualam em colonizadores e pretendem igualar a todos os outros, indiscriminadamente, em nativos. Muitos nem chegam a se aperceber que as línguas que escutam são múltiplas: amárico, tigrino, árabe, uma algaravia que relembra Babel. Os homens são míopes. Todos se contemplam, mas quase nenhum se vê, a si mesmo e ao próximo. E, na imensidão, vão se aproximando, trazidos por ventos distantes, como os grãos de areia. Cada grão possui sua própria história, sua origem, seu feitio. Mas, no deserto, se confundem e acabam por desaparecer, assim como eu desapareço aos poucos. Tudo se dissolve, se evapora. A começar pelo nome. Nosso nome próprio, que deixa de ser proferido, que vai sendo erodido pouco a pouco e, por fim, desaparece, para sempre, restando apenas num eco longínquo.

A MULHER

Era no seu corpo que a noite descia, quente e seca, insinuante. A deusa Nut me envolvendo e mostrando estrelas que eu não queria alcançar. Mas se acocorava no canto da sala, envolta em panos coloridos, sobre a esteira onde pousava o fogareiro, os grãos perfumados do café que ela ia torrando lentamente, enquanto entoava canções sem palavras que me transportavam a outros mundos.

Meus olhos acompanhavam seus movimentos, lentos e naturais. O que ela fazia desprendia-se da vida prática e desenhava um ritual mais antigo que a minha civilização. O fogo aceso. O brilho de seus olhos. O perfume dos grãos. O cheiro de seu corpo maciço, espesso, concreto como uma rocha aquecida ao sol. Ela criava o mundo a cada noite, um mundo melhor, aconchegante e escuro, mas sem angústias. Um mundo de certezas, de morte e de aniquilação.

Lá fora o uivo das feras. Risadas arrepiantes. Todos os sinais negativos, em sua presença, se transformavam. Ela era a paz. A morte. O amor. Era impossível sofrer ao seu lado, pois ela era a ausência, o nada, o vazio.

Nut.

Sem os panos coloridos era ainda mais bela. Negra. Cabelos e pele. Olhos. Boca escura e carnuda. Mucosas negras, um mistério. Na sua pele macia as colinas gêmeas estavam sempre cobertas de sombra, uma sombra áspera, concreta. Eu também me despia e descobria as partes brancas de meu corpo, um animal malhado pelo sol, incongruente, feito de retalhos, de pedaços mal reunidos pelo acaso. Ela, íntegra, perfeita, me envolvia em seus braços e ria, mostrando um crescente de marfim claro na noite sem falhas de seu corpo. E fazia de mim seu instrumento, tocando-me com seus lábios, com seus dedos deslizantes, retirando do mais fundo de mim harmonias que julgava esquecidas. Ela se aquietava e eu, único ser acordado na noite, depois que até as corujas e hienas haviam se calado, desenhava em seu corpo as palavras de um idioma estrangeiro, negado. O dia se anunciava e, na fugaz fronteira que existe entre a luz e a escuridão, eu podia ver os poemas escritos sobre sua pele negra. Era apenas um relance, e tudo se desfazia na luz que cega, na claridade que ofusca.

Durante o dia, só encontrava paz ao vê-la passando silente, rente às paredes da casa. De olhos baixos, ela caminhava entre cores e cheiros. No calor espesso, sólido. No ar, o odor das peles arrancadas dos animais, o cheiro dos excrementos e do medo, o perfume de especiarias. Impossível respirar. Mas Nut passava e uma clareira se abria. Ela era a ausência. Era a plenitude. E eu julgava entrever ainda algumas letras que havia desenhado sobre seu corpo, ou ao menos algum arabesco esquecido.

Nut tirava seu véu e sacudia sua cabeleira farta, onde meus dedos se emaranhavam, sem saber percorrer seus caminhos. O dia se encaminhava para o final. As contas se embaralhavam frente a meus olhos, e eu precisava recomeçar. Ela se cobria de novo, voltava a caminhar, agora se destacando das pilastras, chegando ao centro do pátio, como se reclamando aos poucos sua soberania total. E ela tomava posse da casa, da rua, da vila, do mundo. Tomava posse de mim, cobria-me com seu corpo, engolia-me e paria-me com a naturalidade dos mitos. E eu renascia solitário, dono do mundo, naqueles breves instantes em que a luz e a escuridão ainda não se distinguem, escrevia sobre seu corpo os poemas que ainda me habitavam, apesar de mim.

Era assim que eu sobrevivia, clandestino, no corpo da noite, no segredo.

Nut sorria, conhecendo meus delírios, se abrindo ao meu gozo. E pouco a pouco aprendeu a sussurrar as palavras que eu escrevia, com a ponta de dedos hesitantes, na sua pele.

O DICIONÁRIO

Percorro com os dedos o seu corpo. Será que você adivinha as palavras que traço? Jamais escrevo aquelas que me parecem muito solenes, desaconselháveis. Uma a uma, vou traçando as letras, usando ora as pontas dos dedos, essas almofadinhas macias e redondas, suaves, ou a ponta das unhas, que vão deixando na sua pele traços finos que depois apago com a língua. Geralmente espero que você adormeça. Como uma gata, você procura meu calor e fecha os olhos, satisfeita. Logo começa a ronronar, o barulho suave de sua respiração um tanto ou quanto asmática preenchendo o quarto.

Você tem mais presença quando adormece. Acordada, acocorada num canto, preparando café num interminável e perfumado ritual, seu corpo parece se desfazer em volutas de perfume e vapor. Olho na direção em que sei que você deve estar, mas não vejo o seu rosto escuro, perdido nas sombras. As roupas volumosas escondem o seu corpo, enrolam você num casulo disforme, e não consigo ver sua leveza, nem perceber sua maleabilidade felina.

Calada, você se deixa ficar por horas imóvel. Nem sequer seus olhos reluzem nas sombras. Você se apaga, desaparece, e eu a esqueço. De repente, porém, um canto gutural, vindo de lá de fora, faz o ar vibrar. De longe, as ondas sonoras chegam brandamente, mas, aos poucos, é como se todas as pessoas servissem como uma caixa de ressonância. Uma a uma as vozes vão se juntando à melodia e em pouco tempo todo o ar vibra, e me impressiono com a alegria e ferocidade da canção que sai de seus lábios. Meus olhos se desviam do que faço e observam sua boca, fascinados. Os movimentos são poucos, quase imperceptíveis, a abertura parece mais próxima a um sorriso que a um canto. Mas sua voz se projeta, cada vez mais forte, com mais ímpeto. Clara, grave, ela se eleva e torna a descer, modulada. Inesperadamente as palavras dão lugar a um ulular impressionante, forte, perturbador. Se algum movimento meu denuncia que estou prestando atenção em você, imediatamente suas mãos escuras cobrem sua boca, escondem a fenda vermelha e os dentes que me fazem lembrar as teclas de um piano longínquo. Mas o som continua, o canto, irreprimível, perdura até o final.

Já não procuro mais compreender as palavras cantadas. Quando comecei a procurá-la, era como a um dicionário: eu apontava um objeto, dizia o nome em francês, ou em árabe, e você, com sua voz grave, entremeada de riso, me dizia o nome em amárico. Nosso mundo era concreto, substantivo, edênico. Seres e objetos, simples, sem qualidades, imóveis, recortes de um álbum de figuras, tudo o que nos rodeava era singular, unívoco. A árvore. Aquela única árvore que eu descrevi e que julgávamos poder avistar da janela lateral. Um paradigma. O livro. Aquele livro belíssimo, encadernado com capricho, que nos aproximou. O único livro que você possuía. O corpo. Seu corpo, negro e denso, concreto como toda realidade deveria ser. O fogo. Outra vez aceso em minhas entranhas, queimando.

VII

Dizem... Mas alguns calam, envergonhados, e evitam repetir as narrativas tiradas dos relatórios policiais. Entremeando a vida da vítima à do agressor, detalhes escabrosos são contados com um deleite pecaminoso, pervertido, sádico. O exame do corpo de Paul, em suas minúcias. Réguas medindo o homem, quem as inventou? Tamanho, diâmetro e formato, seríeis determinantes de uma vida? Teríeis relação com os fatos? E o poeta, nu, humilhado, friorento, em sua patética feiura, de repente alça os ombros e enche o peito de ar, orgulhoso. Sim, sou o feio, o ridículo, mas aquele anjo louro me amou. E eu o amei. E foi tão intenso este amor, foi tão forte, que precisamos lutar, nos ferir, misturar nosso sangue, e saliva, e sêmen. Meu esposo infernal, meu anjo de luz enlameado e vil. Meu doce amado, cheirando a leite e a absinto, a fezes e a flores opiáceas. Onde estará isso escrito? Em que relatório? Em que lembrança?

O que se escreve não é o amor, é a humilhação.

Dizem: Tamanho, diminuto. Formato, cônico. Diâmetro, fino. Voltando-se para o lado de lá, o outro lado, o lado errado. Nádegas, carnudas. Ânus, elástico. Conclusões, muitas. Todas insuficientes. Mãos, trêmulas. Olhos, chorosos. Cabelos, poucos. A ciência se comprometendo em sinais, evidenciando erros.

Os médicos debruçados sobre um pênis diminuto. Usaram réguas para medi-lo? Uma fita métrica? Quantos centímetros, doutor? Poucos, caro colega. Assim devem ter trocado ideias e opiniões, esses homens da ciência. "Uma cabeça pequena e afilada, que pode demonstrar o hábito de inserção em locais apertados e estreitos." *Arrá*, este é um bom indício, caro colega. Exatamente, doutor. E quanto ao ânus, preclaro colega? Vamos examiná-lo? Mas é claro, veja, lá está, "obscuro e enrugado como um cravo roxo", "escondido em meio ao musgo úmido ainda de amor"... Mas, doutor, essa descrição mais parece um poema... Exatamente, meu caro colega. Um verso escrito pelo próprio Paul Verlaine. Observe ainda os "filamentos parecidos a lágrimas de leite" escorrendo pelas nádegas. Doutor! Com que encanto o senhor cita estas imagens! Passemos logo às conclusões, então: "P. Verlaine traz em sua pessoa indícios de pederastia habitual, tanto ativa quanto passiva." Mas é fato, caro colega? Afinal, seu ânus tem "contratibilidade próxima do normal, e não apresenta dilacerações". Então, doutor, acrescente que "os indícios não fundamentam a suspeita de hábitos inveterados e antigos, antes sugerem práticas recentes".

Enquanto isso, febril, o punho latejando, Arthur se arrepende de ter chamado a polícia. Dizem que ele, assim que saiu do hospital, depois que lhe extraíram o fragmento de bala que lhe torturava a carne, voltou à delegacia, para retirar as queixas contra o companheiro. Mas era tarde. O processo já começara. Verlaine estava preso, foi condenado a dois anos. Arthur foi condenado a toda uma vida.

TRADUÇÃO

Noite. Enquanto ela se conservou um substantivo, foi possível o amor. Mas ela rapidamente se metaforizou. Abandonou os panos e véus, as cores. Um lenço branco prendeu seus cabelos de violenta feiticeira. O rosto arredondou-se, a boca de lábios grossos fechou o sorriso insinuante.

Noite traduzindo-se em mulher, em fêmea, em horários para o jantar, fatiando meu dia em horas determinadas. Hora de acordar. Hora de dormir. Hora de trabalhar. Hora de amar. Hora de passear. Hora de fumar. Horas de angústia...

O vocabulário cada vez mais amplo, menos substantivo. A cobrança. A cobiça. Uma saia longa, uma blusa fina, um brinco de ouro, um anel de pérola. Tudo qualificado. Tudo determinado. Se você me ama... E ela se confundia com outras vozes. E o tempo se enregelava à sua volta, num sortilégio. Se você me ama...

O que é o amor, eu perguntava. E ela respondia, dando de ombros. O amor é isso, é você aqui do meu lado, é o prazer na noite, o presente ansiado. O amor é o cheiro de nossos corpos apagando o cheiro da podridão. É o cio das feras, e seus gritos. O amor é o grito que você solta, e o gozo que sempre vem. O amor é a palavra nova. É o vestido bonito. O amor é o pranto derramado em silêncio. É a frase que você apaga depois de escrever.

O amor é o silêncio que um dia virá. É a decência. O amor é a violência com que a vida deseja se perpetuar. É um sonho de carne, um filho para cuidar. É o filho engenheiro, útil. É a lição de coisas. Trabalho sem fim. Sonho sem fim.

O amor é a lembrança do passado. É a certeza da dor. O amor não existe, é uma invenção. É mera convenção.

Eu olhava, procurando as estrelas escritas na sua pele. Elas haviam desertado e se abrigavam, indiferentes, no céu. Somente no fugaz instante entre a noite e o dia, quando a luz ainda não era luz, eu podia surpreender as palavras que me acorrentavam àquela noite concreta e viva, que respirava ao meu redor.

Mas a noite domesticou-se em panos europeus, em cores sóbrias e rendas discretas. Um alfinete de pérolas substituindo o crescente lunar. De repente, vi o negativo do que queria. Vi a domesticidade, as cadeias, o lar. O passado e o fim.

A noite, em Áden, era a feiticeira e o próprio caldeirão. Percebo o tormento de Prometeu, preso a uma rocha, medonha. À minha volta, a areia. Um mundo só de areia e argila. Seco. Nem um talo de grama. Nem uma gota de água potável. Um mundo habitado por seres que ruminam ao sol, e que descoram, confundem-se com as dunas. Só minha pele escurece. Olho minhas mãos, onde a vermelhidão desapareceu. Agora são raízes expostas, galhos partidos. Confundo-me com a sombra aqui no país do sol. Nunca terei guarita. Serei o estrangeiro. O *frangi*. O homem dos olhos claros, lavados de lágrimas. O homem que foge do poema, que abandona a escrita e que se torna o próprio verso e faz do sangue sua tinta. Digo adeus a mais essa ilusão. É hora de partir. É sempre hora de partir.

DIÁRIO DA DOR

Em que dia estamos? Ainda é abril? Caminhamos tanto e ainda estamos em Biokaboba. O deserto termina? Saímos cedo, antes mesmo do sol, na hora em que noite e dia ainda coexistem, em que as estrelas cintilam suas despedidas. Saímos sempre cedo, mas é invariavelmente muito tarde. Tarde demais para mim.

Vejo os dias que já não trazem mais surpresas, que se repetem iguais na monotonia insuportável de um labirinto sem paredes. Mais outro dia, sempre a mesma dor. E o tédio. E, por que não confessar, o medo.

Os carregadores andam cada vez com mais dificuldade. Os braços de Muned Suyn, de Abdullahi, de Beker e de Abdullah me fazem balouçar ao compasso de suas pernas trôpegas, inseguras. Ao chegar em Acriúna deixam-me cair no chão. Grito, ultrajado. A dor física por instantes se iguala à dor da humilhação. Sou uma bola de carne me contorcendo no chão. Sou arquejos e gemidos. Sou um traste.

Apenas a raiva me salva. Posso multá-los e insultá-los. Os homens abanam suas cabeças e não se revoltam com meus abusos verbais. Recolocam-me na liteira, com os mesmos cuidados que as crianças colocam pequenas folhas e frutos em seus barquinhos de papel. Recomeçamos a caminhada, a aranha inábil arrastando o inseto paralisado. Paramos mais uma vez. Meus olhos mal reconhecem os lugares pelos quais passei tantas vezes anteriormente. Minhas narinas não sentem os cheiros que haviam se tornado familiares. Estou no centro de um limbo criado pela dor. Mudo, surdo, insensível a tudo que não seja a concretude da dor.

Tenho febre, calafrios. Paramos em Samado e é sob o olhar das estrelas frias que finalmente me acalmo e adormeço, relembrando a canção que o jovem Djami costumava entoar.

Partimos bem cedo. Na confusão entre noite e dia, julgo ver a figura esguia do jovem pastor de cabras, caminhando a meu lado. Um sorriso clareia o seu rosto. Ou seria o sol que finalmente se liberta da terra e começa a ofuscar? Chamo seu nome. Ele não vem. Como poderia vir, se ficou acenando para mim lá das muralhas do Harrar, com seu filho nos braços, orgulhoso da cria.

Djami, apenas um menino, curioso e amigo. Ocupado em descobrir, nas caixas de materiais inadequados, parcialmente destruídos, os tesouros que me chegavam da Europa. Instrumentos obsoletos. Lentes. Ferramentas. Livros. Djami não se assustava com meus passa-fora. Ele indagava, manipulava, ia aos poucos compreendendo e sorria a cada descoberta. Anote, menino!, eu mandava. E ele obedecia:

10,5 das 1r
5,5 cmls
11 peles.

Não entendo nada, menino! E Djami sorria, tranquilo, dizendo que era tudo muito claro, tratava-se de 10,5 dalailas, peles grandes, cheias de café, custando apenas uma rúpia cada. Ótimo negócio, ele afiançava. E mais cinco camelos e meio. Isso é impossível, Djami. Meio camelo! Uma impossibilidade! Não é não, aquele camelo é muito jovem, não aguenta a carga completa, só leva meia carga. E ainda tem essas onze peles bem curtidas. Uma de leão, lindíssima, o leão da abissínia, veja como é grande... quatro de girafas, grandes, com um pescoço tão longo. As mais bonitas são as duas de lince. E as mais macias, as de antílope. Suaves, aveludadas, parecem a pele de Miriam. Quatro peles macias e maleáveis, de antílopes. Mas não espere encontrar os chifres. Isso não! Os chifres dos antílopes são poderosos afrodisíacos, que os beduínos torram e moem e usam para fazer bebidas e pomadas. Milagrosas. Foi assim que Maomé conseguiu vigor para deflorar as quarenta virgens do paraíso. Quarenta, e numa única noite, ele repetia, com os olhos brilhantes e sonhadores. Quarenta...

O espectro de Djami me acompanhou por todo o dia, e pela noite. O caminho tornou-se mais suave, escutando as histórias que ele contava. Sabia que sou o tataraneto da rainha de Sabá?, ele perguntava. Então você é judeu! Não, Sulamita teve um filho com Salomão, apenas um. Meu tataravô era um jogral etíope, o único que a consolou em sua solidão. Ele cantava lindas canções, com histórias do tempo em que o mundo era criança. Quando os animais ainda eram amigos dos homens, e traziam frutas e sementes boas de comer e mostravam aos homens como cultivá-las. E com ele Sulamita teve muitas filhas e apenas dois filhos. E eu sou descendente de uma das filhas, a mais bela, a filha escura como a noite sem lua, de corpo esguio de bailarina, de pernas ágeis como as da gazela, olhos redondos e líquidos como os da avestruz. Veja, eu ainda tenho a pele escura, e sou ágil e belo. E vou fazer muitos filhos no corpo de Miriam, que também é bela, e ágil, mas cuja pele é clara como a da noite de lua cheia. E a voz de Djami foi ficando cada vez mais longe, como se de repente ele estivesse se confundido com o céu estrelado da costa que finalmente se aproximava.

ZEILAH

Há um porto às margens do Mar Vermelho onde a água parece cegar com sua luminosidade. Zeilah fervilha com barcos e gente de todas as cores, e cada embarcação atrai um enxame de gente de cores diversas, vestidos de cores fortes ou envoltos em mantos escuros, sombrios. Zeilah, a cidade do perigo, dos assassinos, dos ladrões. Zeilah, o porto cheirando a temperos raros e a suor de homens e de bichos. Zeilah. Pouco mais que velas que se desfraldam num vento quente e que somem, ligeiras, na luz que apaga as imagens e cega com a sua intensidade. Zeilah, que atrai as moscas de aspecto vagamente humano, e os barcos que destilam o mel do desconhecido. Zeilah. É para lá que caminhamos. Já estamos quase, pressinto. Uma última caminhada entre pedras amaciadas pelo vento ancestral, e lá chegaremos, à cidade das cores apagadas e da luz cegante. Já me encontro na sombra do minarete, que começa a ruir. Mais adiante encontrarei um barco, outro barco, oscilante como este, onde subirei e me colocarei na proa, com meus olhos tão azuis quanto o dia, examinando o espaço que me separará do local que já chamei de inferno e que hoje procuro como salvação.

Todas as vogais reunidas não criam o arco-íris que me transporta ao país dos sonhos. As cores se misturam e se combinam entre si, elas se separam, se confundem e finalmente se delineiam numa ordem desconhecida, mas que as amarra, uma a uma, nos cais sempre ocupados. É para aquela vela encardida que os passos me dirigem. As cores desbotadas que um dia amei se reúnem à volta desta única vela lúgubre, e velam, trêmulas, contemplando este cavaleiro da triste figura que se aproxima vencido e exangue.

O tempo para, encapsulado no ar tão denso de calor que parece sólido. A prancha estreita que une meu barco ao cais é mais um impedimento. Minha desconjuntada aranha não logra a subida e sou abandonado no cais. Homens da terra, tão inúteis ao chegar à beira-mar! É preciso que o comandante árabe venha examinar esta carga especial para decidir que precisarei ser levado a bordo por um guindaste. Então, alço voo, e fico suspenso entre o mar e a terra. E me lembro, como se atingido por um raio, da imagem de um homem pendurado: o enforcado que se suspende no ar e que não pertence à terra, nem ao céu, nem mesmo ao mar, que desconhece. Mar? Ou eternidade? "O mar/que o sol invade."

Na cadência destes versos sou içado, percebo que minha embarcação não possui uma vela e sim uma fumaça densa e negra como um véu de luto.

MALAS E BAÚS

Em 1889, o palácio de cristal prometia uma bela exposição universal. Lá seriam exibidas todas as coisas que a imaginação e o comércio podiam oferecer. Todos os engenhos com que eu havia sonhado, folheando as páginas dos manuais que implorava para que me enviassem, lá estariam, reluzentes, funcionando com a simplicidade que me recusavam ao chegarem, desmontados, retorcidos e sujos, no meu Destino. Tudo em minha vida tinha essa marca: nas promessas, tudo brilhava e funcionava com a simplicidade da lógica. Na realidade, as pessoas e as coisas se rebelavam contra minhas mãos e meus afetos; descontrolavam-se, impertinentes. Em minha solitária luta, sempre alguma outra se acrescentava, os produtos químicos evaporavam, as lentes quebravam-se, as engrenagens emperravam e me deixavam rodeado de ruínas, testemunhos de mais sonhos desfeitos, de várias lutas impossíveis.

Mas em 1889 eu ainda desejava ir ver a exposição. Tomar um navio e partir para Paris; chegar lá, com meus cabelos já inteiramente grisalhos e minha tez curtida pelo sol, minhas roupas insuficientes contra o ar gelado que pode nos surpreender nas manhãs primaveris, e meu sarcasmo; deixar meu olhar flanar sobre objetos cada vez mais modernos, mais incompreensíveis e necessários. Talvez, fascinados pela minha aparência, os organizadores da exposição universal me convidassem a me exibir a mim mesmo, objeto totalmente estranho e misterioso, com minhas inextricáveis volutas de pensamento e as incontáveis linhas que o sol desenhou no meu rosto magro demais, sombrio demais.

Talvez eles se interessassem apenas pelo meu velho baú, companheiro de tantas viagens. Um dia – prevejo –, ele será a principal peça de um museu que somente testemunha a minha ausência. Um velho baú onde guardei poucas peças de roupa, uma colorida manta de viagem, meus talheres, inúteis, quase. E meus papéis. Os papéis que cobri de tinta e de lágrimas, de ódio e de esperança. E os livros: dicionários, manuais, guias geográficos.

Sozinho, vivendo sempre à margem da vida, percebo que a melhor maneira de ver esse mundo que se reinventa é não o vendo. Não vou. É uma resolução que parece fruto do bom senso e da lógica. Justifico-me: não posso abandonar minha empresa. Mas o que é minha empresa? Sou eu mesmo, e a minha narrativa sem palavras. Preciso ser fiel a mim mesmo e deixo-me ficar. Repito, de caso pensado, mas sem acreditar, que já fui esquecido, que já ninguém mais, em Parmerde, se lembra de um tal Rimbe, o "coisa", adolescente indomável, um terremoto que abalou as certezas burguesas daqueles que se diziam artistas e não passavam de artífices.

Fico. Começo a perceber que sou o grande objeto a ser exposto, mas que ainda não está construído o palácio cristalino onde me exibirei, para sempre jovem, para sempre inconsútil. Não arrumo as malas. Guardo a manta de viagem no baú. Como um semideus, acorrentado a meu rochedo, aguardo, melancólico, o momento da libertação, sabendo que esse será o anúncio de meu fim.

Fico. Começo a perceber que meu regresso será o meu ponto de partida. Finalmente alcançarei o que sempre almejei. A liberdade livre das versões sem comprovações.

VIII

Dizem que ele foi internado no hospital, onde recebeu cuidados preliminares. Um membro ferido, carne destroçada. Alguns anos antes, o tratamento seria mais drástico: amputar. Cortar aquela mão, deixar o jovem incompleto, marcá-lo pela ausência. Mas o tempo da dor havia passado. Uma baforada foi tudo o que necessitaram para deixá-lo insensível. Vapores inalados, e o corpo esquecido de si mesmo, abandonado aos cuidados do cirurgião.

Mesmo assim, a ameaça ainda teria sido grande, enorme. Se o doutor fosse outro, mais velho, de uma antiga escola, ostentaria um avental sujo de sangue, como um orgulhoso emblema. Mas este médico era um rapaz, ainda. Conhecia o Dr. Lister, e seus estudos. Tinha lido os artigos sobre o declínio das infecções em Munique, depois da introdução das práticas de assepsia com ácido carbólico. Acreditava que lavar as mãos antes e depois das cirurgias era uma boa prática e supunha que seus aventais, limpos, bem lavados, borrifados com desinfetante, eram mais agradáveis de usar e menos nocivos aos seus pacientes.

Na maca, o rapaz um pouco sujo, de roupas gastas, oferecia o pulso ao seu bisturi. A ferida não era grande: uma bala de calibre pequeno, que entrara e se aninhara na carne fibrosa, magra, tesa. Não havia sangramento, a coagulação já tinha começado. No entanto, o melhor seria abrir o ferimento com um corte limpo do bisturi, estancar o sangue que voltaria a fluir e remover o projétil com a pinça. Depois, costurar a carne, fazer bandagens limpas e mandar o jovem para a casa. Foi o que fez.

Dizem que os olhos do médico contemplaram muitas cicatrizes, porém. E que ele perguntou, curioso, sobre as marcas antigas.

E que o rapaz, abrindo seus olhos sonolentos e bêbados, sorriu irônico e lhe afiançou que eram lembranças do Inferno, onde tinha passado uma longa temporada.

Dizem que o médico creditou esta resposta ao anestésico e que não insistiu na inquirição. Recomendou ao paciente que voltasse, caso a febre não diminuísse ao fim de dois dias. E o paciente nunca retornou ao hospital. E o médico nunca mais colocou os olhos naquela carne branca, onde para sempre a lembrança de seus cuidados ficou gravada. Uma linha arroxeada, a princípio, que depois foi clareando até se manter como um fio de algodão branco na pele escurecida de sol. Um fio grosso, ainda sem cardar, forte e resistente. Um fio. O primeiro de uma teia, aquele que serve de ponto de partida para a trama, inexorável, do destino.

VAPOR

Um barco ébrio trocado por um barco tocado por vapores. A fumaça saindo da chaminé, em nuvens irregulares, e se mantendo suspensa no ar, quieta, parada, à espera da brisa. O vento, finalmente, soprando o vapor para terra, enquanto o barco se descola do cais, gemendo, estrebuchando, numa luta que opõe o motor resfolegante à impassível força da maré.

O barco aderna um pouco, depois se recompõe, alinhado às águas que se retiram do golfo. Depois, numa linha oblíqua, vai cortando a correnteza, devagar, com tenacidade.

Entre o cordame, as arcas, as peças de metal, estou depositado como mais um pacote estranho. Cestos de vime, amarrados de pano, objetos irregulares ou grandes demais para se acomodarem no porão são os meus companheiros. O barco progride, vagarosamente, bufando, cuspindo, engasgando. O ruído do mar é ritmado como um poema. Ondas curtas ou longas, cesuras regulares, repetindo-se, rimando entre si. O ruído do motor é doentio, gemente. Às vezes julgo escutar os uivos distantes de feras. Outras vezes a tosse de uma população adoentada de fome, ressecada pelos ventos.

Fecho os olhos por um instante, exausto. A meu lado dois marujos se acomodam sobre cordas enroladas e fumam. Escuto sua conversa monossilábica. Eles não têm olhos para o céu, esticado como uma tenda que se avermelha ao cair da tarde. Assim como surgiram, eles desaparecem, depois de sacudirem seus cachimbos e escarrarem o gosto amargo que o fumo barato certamente deixou em suas bocas de dentes falhos. Fecho os olhos e, quando os abro, julgo ver neve. À minha volta os flocos caem, dançando. Delírio? Não, um engano banal. As cinzas sopradas pela chaminé caem com a leveza dos flocos de neve, trazendo memórias de um tempo que fiz questão de apagar. O convés se acinzenta. Cubro os olhos e a boca, puxo a camisa sobre o rosto, evitando sufocar-me com a fuligem. E, de repente, a noite cai súbita como uma lâmina de guilhotina. Num minuto a luz, no outro, a escuridão. E aí surgem as estrelas, quase que de uma só vez, e o céu me enche de uma esperança que não julgava mais ter. Meus olhos já não são mais tão azuis, embaçaram-se. Minha pele endureceu e ressecou-se. E o meu coração, que eu julgava ter conseguido transformar em pedra, volta a bater, assustado, assustando-me.

É a hora do calor, da morte do vento, do silêncio do mar. É quase o fim. Mas em meu coração começa a germinar uma esperança.

IX

Dizem que, dois dias depois, já sem febre, ele voltou ao comissariado de polícia e deu novo depoimento, inocentando o amigo. O braço pendia, inerte, numa tipoia. O delegado, baixinho, olhou para o jovem alto, magro, de cabelos desalinhados. Não viu nele os traços de homossexualidade, nem as marcas de degeneração. Era apenas um rapaz, tinha idade para ser seu filho, até mesmo seu neto. Chamou o escrevente e assistiu, paciente, o novo depoimento.

Ao se despedir, dizem que o jovem perguntou ao delegado se agora o amigo ficaria livre. O homem abanou a cabeça, negativamente. As engrenagens já estavam em movimento, o destino e a justiça eram inexoráveis. Dizem que ele se afastou cabisbaixo e que, na esquina, a mãe do amigo, exaltada, desesperada, tomou-o pela mão boa, perguntando como tinham se passado as coisas no comissariado. Ele não respondeu. Abanou a cabeça acabrunhado, percebendo, enfim, que a vida era mais sofrimento que deleite.

Dizem que, então, mais uma vez retornou para casa. A sua própria mãe recebeu-o de boca apertada, secamente. Nenhum júbilo no regresso do filho pródigo. As irmãs prepararam seu quarto, sentaram-se para escutá-lo após o jantar. A mãe mandou-as para seus aposentos, no dia seguinte tinham muito o que fazer. Ele ficou sentado à mesa, mas a mãe retirou a lamparina e ele ficou no escuro, sozinho.

Dizem que ele talvez tenha chorado, mas isso não passa de especulação. Ele ainda resistia, ainda se embriagava de sonhos e de certezas, ainda era jovem o bastante para acreditar no amanhã.

Das dores que já começava a sentir, as maiores ainda eram as físicas: a dor da fome e da sede, a dor do braço ferido, a dor da mordida do frio em seus dedos enregelados e em seus pés, magoados de tanto andar.

Dizem que, naquela primeira noite, sentado no escuro da sala de jantar, no frio da noite e da falta de afeto, ele começou a planejar a próxima partida.

DJAMI

Belo. Um nome simples e verdadeiro. Recordo seu rosto quase adolescente e tenho vontade de sorrir, mas meus músculos, paralisados em esgares de dor, não me obedecem.

Djami Wadaï tinha longas pernas e braços, parecia um gafanhoto, quando foi trabalhar para mim. Era pouco mais que um menino, e sorria. Eu o olhava e sorria, também. Como não sorrir? Como manter o cenho fechado diante daquele olhar curioso e de seu tagarelar constante? Djami era a cópia de meu passado, o jovem livre e disposto a enfrentar o mundo. Um jogral. Em seus lábios grossos os sons da língua amárica se adoçavam, as vogais do tigrino saltavam alegres os obstáculos consonantais e, por seu nariz, os sons nasais ecoavam como as notas graves num órgão de igreja.

Djami saía cedo, antes mesmo do sol, e ia acordar o dia. Os animais o reconheciam e saudavam, mas ele passava indiferente, rápido, absorto em sua eterna tentativa de segurar a última estrela. Djami queria alcançar o céu, com seu cajado, com seus dedos, com seus saltos. Ele cantava versos mágicos, de encantamento, empoleirado como uma ave na acácia que sombreava o recanto mais remoto da vila. Depois, pendurando-se nas pernas, nos braços, com seu corpo elástico e leve, voltava a colocar os pés no chão e corria, fugia de adultos irados, escapava entre fardos e se refugiava entre as peles malcheirosas que aguardavam tratamento. E, aos poucos, se achegava, curioso, querendo saber para que servia aquela caixa. Eu o fazia olhar pela abertura da câmera e ele gargalhava, ao ver o mundo de cabeça para baixo. Uma máquina que fazia o mundo modificar-se. Coisa de *frangi*, de estrangeiro que contava histórias de água sólida, de frio que queima, de todos os contrários, ele sentenciava. E me perguntava para quê, por quê, como. Eu ensinava e ele aprendia. Eu mostrava e ele copiava. Eu falava e ele ouvia. E, no entanto, ele ensinava e eu aprendia; mostrava e eu copiava; falava e eu ouvia. Acho que ele foi melhor professor que eu.

O que eu tinha para ensiná-lo? As coisas que havia abandonado? Minha raiva? Minha angústia? Meu tédio?

Ele não precisou me ensinar a fome, nem a sede. Eu já as conhecia bem. Mas nos olhos dele foi que conheci a morte. Não a da violência ou da dor, mas a inexorável, aquela que planta sua semente dentro de nós e nos condena, no próprio dia de nosso nascimento. Aquela que deixa sua marca apagada apenas para aqueles cujos olhos não sabem ver. A morte inconsequente, a morte sem razão, a morte pela morte.

Djami, que traduzia a vida, era a marca viva da morte.

X

Dizem que seu único irmão, quando ele já estava morto e enterrado há um mês, respondeu a uma pergunta sobre o paradeiro de Jean Nicolas, dizendo que ele estava comerciando no Harrar, ou Horror, algum lugar distante.

Dizem que alguns conhecidos o julgavam burguês, enriquecido e próspero, e o desprezavam por seu abandono da poesia. Dizem que outros o julgavam um eterno viajante, "explorador" de atitudes românticas que cada vez o levavam mais longe da França. Ora achavam que estava morto, ora supunham-no vivo.

Mas todos o sabiam calado. E todos estranhavam seu silêncio, e esse silêncio era mais acusador que poemas e diatribes. Esse silêncio era o que os fazia acordar no meio da noite, suados, gelados de pavor, assustados com sua enormidade. As palavras ausentes feriam com gumes insuspeitados e provocavam soluços no meio de versos imperfeitos.

Dizem que alguns escreviam para ele, tentando aproximar-se, isso quando ele já estava morto há mais de dois anos, quando de suas carnes, outrora brancas, já não restava mais nada, e quando já era impossível distinguir, entre os habitantes do túmulo escavado logo à entrada do cemitério, que lembrança pertencia ao avô, à irmã Vitalie ou a ele mesmo, finalmente apagado.

Dizem que a notícia de sua morte saiu na *La Plume*, no dia primeiro de dezembro de 1891. Dizia: "lamentamos informar ao mundo literário a morte de Arthur Rimbaud." Não informava o dia, talvez nem sequer o soubessem. Dizia: "uns dias atrás." Mas sabia-se que seu corpo tinha sido transladado de Marselha. E faziam questão de ressaltar que o cortejo fúnebre tinha sido acompanhado APENAS por sua mãe e sua irmã. Era uma nota de pé de página, tão diminuta que quase ninguém a notou. Principalmente porque já o julgavam morto, há tanto tempo. Porque sabiam que o tinham matado, há tanto tempo. Porque sabiam que a ferida que lhe provocaram era fatal. Quando não o leram, quando ignoraram seu último grito, quando preferiram seus próprios pensamentos acomodados e autoindulgentes, eles tinham se arvorado em carrascos. Eram eles os assassinos. O poeta, no entanto, não era uma vítima. Ele nunca foi vítima, mesmo quando sofria além da possibilidade do sofrimento. Era o herói, o símbolo vivo, redivivo. Estava morto. Ele se tornara imortal.

ÁDEN

Bastaria trocar uma letra para que tudo se modificasse. Bastaria uma outra cor. Logo ao chegar, porém, o viajante já se ofuscava e logo percebia que a sombra ali era inexistente. A cidade cuja sombra se encapsulara na própria inicial. A cidade em que o sol tomava todos os recantos e, exigente, bania até mesmo o vento, a brisa, a vegetação, a vida.

Uma cratera de vulcão, temperaturas excessivas, luz excessiva, falta excessiva. A anulação pelo excesso. Áden: um porto e o Grande Hotel do Universo.

A paisagem era lunar, mas já não hostilizava. Ali era conhecido. Naquele caldeirão fervente, tinha amigos, gente que acolhia, com a simpatia dos exilados, os que chegavam sem esperança, ou transbordando dela.

Um homem doente, dependente de mãos amigas ou indiferentes, que o transportassem ao hospital, que o acompanhassem até o médico, calejado de tanto conviver com a morte. Homens desnutridos, jovens tuberculosos, gente ferida, sem esperança, e aquele homem magro, quase que apenas um esqueleto, que se destaca por seus olhos de luz intensa. Um homem que chega num barco. Um náufrago com sua história.

O médico o recebe com modos profissionais, destacando-se do sofrimento alheio pela impessoalidade. Diagnostica a seriedade. Impossível tratar de um corpo rebelado, que se transformou num texto de dor e de raiva, numa sentença de desespero. O médico olha para o joelho enorme, para o desenho das veias na pele que se mancha de sombras e não lhe dá esperanças. Nada a fazer. O melhor é amputar.

Mas o olhar do paciente se enche de uma luz desconhecida, e a boca solta um gemido longo e baixo, quase interno. O médico se surpreende com aquela dor, com o ser que se revela por detrás daquele homem cansado. O médico olha e vê o jovem, quase um garoto, de olhos desafiantes e crédulos. A boca readquire as cores dos 17 anos e se transforma numa súplica graciosa, os lábios grossos se unindo, como pétalas de um jardim de sonho. Ele é médico, ele poderá salvá-lo, ele não o deixará perecer! O menino exibe toda sua fé e confiança.

No seu coração quase calcinado de sofrimento e calor, o doutor encontra ainda um resto de compaixão. Talvez haja uma esperança – longe dali, na sua Ítaca. Lá pode ser que os recursos traduzam o que soletra dor e perda num recomeço e em saúde. Vá para casa. É preciso regressar. A viagem lhe dará o sentido e a chave e, com essa sabedoria, a cicatriz será o reconhecimento, não o golpe fatal. Regresse, ele aconselha. Num hospital de paredes claras, no ar fresco e salutar, você encontrará seu destino. Volte. Lá você será tratado não mais como uma árvore que se resseca e perde seus galhos. Lá sua seiva voltará a correr pelas veias e você poderá encontrar a palavra salvadora. Lá a sentença será corrigida. Há esperança. Há consolação à sua espera.

VITALIE

Minha irmã era pequenina, franzina e doce. Dominada pela Mãe, seus cabelos louros não podiam cair soltos pelas costas, nem ficarem embaraçados e revoltos. Era preciso penteá-los e prendê-los, razão de tantos sofrimentos. A menina vinha cabisbaixa, com o pente seguro atrás das costas, enquanto a pequenina mão direita oferecia a escova, e sua vozinha suplicava para que a Mãe não usasse o pente. Mas a Mãe nunca aceitava a oferta e contava-lhe histórias do avô, cuja calvície se devia a nunca ter usado pente nos cabelos. Era de duvidar a história, e era de dar pena ver a pequena Vitalie sofrendo, tendo os cabelos arrancados pelo pente manejado com força e brutalidade pela Mãe. Por isso me habituei a pentear-lhe os cabelos. Ela sentava-se no chão, e sua cabeça ficava entre meus joelhos ossudos. Seus cabelos se espalhavam sobre eles e eu usava a escova primeiro, depois o pente, segurando pequenas mechas, separando-as, alisando e deixando-as sedosas e livres de nós. Eu também catava piolhos na cabeça grande demais para seu corpinho franzino, e ela, por sua vez, procurava-os na cabeça de Isabelle, quase bebê, que não sabia ainda ficar quieta e fugia dos bracinhos fracos de Vitalie, para engatinhar para algum canto remoto da sala escura e triste.

Estas recordações me invadem agora, quando falo com o médico sobre meus padecimentos. Minha irmã, aos 17 anos, vítima de sinovite. Seria este o meu diagnóstico? Sinovite? O médico balança a cabeça afirmativamente, diz ser uma possibilidade; me tranquiliza, dizendo que sinovite não é uma doença fatal. Trata-se apenas de uma inflamação. Se houve ocorrência de óbito, sem dúvida deveu-se a alguma outra doença, a alguma complicação.

Eu penso nos cabelos louros, longos e fartos de minha irmã. Nos sofrimentos que testemunhei, no terror com que ela entregava o pente às mãos duras da Mãe. Lembro de nosso recanto na sala, próximos à janela entreaberta, aproveitando a luz do dia para exterminarmos os pequeninos parasitas que se escondiam em nossas cabeleiras e provocavam coceiras insuportáveis. A Mãe tinha outras histórias atemorizantes para contar, como a da menina que teve todo seu sangue sugado pelos piolhos e morreu, branca como uma folha de papel, vazia de sangue. Vitalie sussurrava baixinho os seus medos, sobretudo o medo da dor e o medo da morte. E era eu quem a consolava, enquanto penteava seus cabelos e amorosamente os trançava, atando-os com um cordão, pois o laço de fita, tão lindo, só devia ser usado em dias de festa na Igreja.

Vivi, morta, o rosto tão branco que parecia que todo seu sangue havia realmente sido sugado pelos piolhos ou pelas sanguessugas usadas para tratar sua sinovite. Os gemidos de minha irmã ainda ecoam em meus ouvidos e não consigo impedir que duas grossas lágrimas venham aos meus olhos. Depois de tantos anos sem chorar, as lágrimas ardem e queimam, parecem inflamar minhas pálpebras. Vitalie, a morte anunciada desde cedo em seu corpo franzino demais, sua cabeça desequilibrando-se em cima do pescoço frágil, a testa larga, angustiada.

Suas roupas escuras envelheciam-na. Suas botinas apertadas provocavam bolhas em seus pés, e julgávamos que ela se referia a isso quando dizia que seus pés doíam, suas pernas doíam, todo seu corpo doía. Pobre menina martirizada, de corpo amarrado em tiras cruéis que lhe esmagavam os peitos, cabelos repuxados em coques que lhe tiravam a beleza. Vivi, que desde cedo aprendeu a rezar e a sonhar com um paraíso onde os cabelos nunca se embaraçam e o corpo nunca dói.

Quando morreu, toda sua dor alojou-se em mim, e quase enlouqueci. Tive enxaqueca. Raspei a cabeça. Fiquei sem dormir e sem comer. Revoltei-me. Morta! Tinha apenas 17 anos e estava morta! E não havia ninguém para chorá-la. A Mãe tomou as providências de caixão e túmulo, mas evitou o velório, para não ter gastos extras. Apenas nós três, na manhã fria, acompanhando o caixão quase infantil. A mãe, Isabelle e eu. Nada de flores, despesa desnecessária. Isabelle e eu recolhemos uma flor anêmica cada um, pelo caminho. Quando os coveiros começaram a cobrir o caixão com terra, jogamos nosso fanado tributo e nos afastamos, seguindo a Mãe, impaciente, mas nossos rostos se voltavam para trás e sentíamos nossos corações se transformando em sal.

De noite, escutei o choro de Isabelle, que logo foi interrompido por uma ordem da Mãe. No seu fervor jansenista e utilitário, as lágrimas não cabiam. A vontade de Deus: de que adiantava ir contra a vontade de Deus? Vitalie agora estava no céu, recebida em glória, livre da dor e das misérias do mundo. E, no entanto, e isso eu sabia, o mundo não era feito apenas de dor e miséria. O mundo não era apenas falta e negação. Havia nele lugar para a beleza, para o amor, para a compaixão. Havia nele alegria e cantos. Havia deslumbramento.

Pensei nos olhos incrédulos de minha irmã contemplando Londres, uma metrópole maior que a sua imaginação. Os poucos dias que passamos juntos, visitando a cidade cheia de parques e de carruagens com belos cavalos. No nosso passeio ao longo do Tâmisa, as águas turvas, agitadas pelos muitos navios com cheiros de terras distantes como sonhos. Vivi, cujo coração explodia no peito com as emoções inesperadas, que se animava ao ver a curiosidade e o maravilhamento aldeão da Mother. A jovem feia e franzina, os cabelos quebrados pelos maus-tratos, as mãos avermelhadas de trabalhos brutais, as roupas gastas e deselegantes, acordava cedo para arrumar a casa e preparar uma refeição um pouco melhor que a sopa de todos os dias oferecida pela Mãe. Elogiava o chá, inebriava-se com o perfume do café, que ela nunca tinha provado.

Pobre irmã! Não devia ter deixado meu tédio em evidência. Era uma pena que, ao invés de promover o encantamento das duas, me tivesse deixado influenciar pelo comportamento reticente da Mãe e dito coisas como: *não existem novas terras, tampouco novo mar... Atravessamos sempre a mesma rua, visitamos as mesmas praças... A cidade é uma só, não importa onde se vá. A viagem é inútil.*

SOBRE AS ONDAS

Houve uma primeira vez, já distante no tempo, imagens quase fanadas, emoções quase esquecidas. O mar que eu conhecia de texto revelou-se em todo seu azul frente a meus olhos. Depois descobri que ainda não era o mar em toda sua glória, investido na majestade do oceano. Era um mar bravio, porém menino, apressado. Grandioso, mas na impetuosidade adolescente de quem se sente todo-poderoso, mesmo quando tudo não passa de um sonho de futuro.

Depois, cruzei-o tantas vezes. Conheci todas as suas cores, suas fúrias e suas calmarias. Aprendi seus nomes. Provei o gosto de seu sal, medi a força de suas ondas. Amei-o.

Quis lavar nele todas as minhas máculas. Quis purificar-me, submergindo e me deixando levar pela corrente que, indiferente a meu sacrifício, jogou-me de volta contra as areias e cascalhos.

Agora volto a esse mar, azul, doentiamente azul, indiferente. Ou verde, da cor das preciosas esmeraldas, ou cor de ameixa, pisada, roxa, quase negro. Ou, ainda, grisalho, envelhecido como eu. Sua voz repete os compassos dos ais. Ele grita, mais alto que eu. Sua cabeleira branca se agita, eleva-se em névoa, fustiga-me.

Ensaio uma oração: ó mar, ó onda, salvai-me. Levai-me até o porto da salvação. E o mar, a onda, gargalha. O navio sobe e desce, pequenino e frágil, ao sabor de seu capricho. Repito: Levai-me, ó mar, ó onda, a um bom porto. Onde me espere alguém com um lenço branco, acenando. Onde uma face já quase esquecida me sorria. E o mar, a onda, gargalha. O navio sobe e desce. E eu, frágil como nunca admiti ser, oscilo, conhecendo nas ondas o embalo que os braços da Mãe me negaram. Oscilo. Enjoo. Adormeço. E depois, acordo, oscilo, enjoo, e adormeço. Mais uma vez, acordo e oscilo e enjoo e adormeço. E sonho com ilhas e praias. Com rios e lagos. E acordo sobre as ondas. Sobre o mar. Nos braços do mar. No sal das lágrimas que derramo em silêncio. Sempre em silêncio. Calado.

Amei o mar. Mas não fui um bom marujo. O navio impedindo meus movimentos, minhas pernas inquietas impedidas de andar, meu corpo todo vibrando em tensão, os pés se agitando, balançando no chão em movimento, desequilibrando-se. O mar foi um caminho e também um obstáculo maior do que as montanhas geladas. A essas conquistei. Mas o mar me isolou, me revelou numa nova dimensão. E foi neste mar hostil que mergulhei em busca de salvação para só encontrar minha exata medida. Ele foi um deus hostil, mas todos os deuses, ao fim e ao cabo, são hostis. Todos eles, embora necessitem de nós, zombam de nossos esforços desesperados para sermos alguém. Como ser alguém, se não passamos de "bicho da terra", pequeno, tão pequeno, muito menores que nosso pensamento?

Nesta última viagem – que eu esperava ser apenas a primeira – o mar me recebeu com indiferença. Suas correntes não se modificaram para me carregar mais rápido ao meu destino. Talvez o mar soubesse que eu já tinha alcançado o meu Destino. Mas, com o correr dos dias, o mar se esqueceu de que eu estava ali, sobre as ondas, e me embalou, cantando canções suaves, sem palavras. As ondas me ninaram como se eu fosse um menino grande, no colo da mãe. A espuma e a maresia brincaram de afagar meus cabelos cortados, que cresciam grisalhos e desordenados. O sal se aninhava em minha barba, e pousava em meus lábios, ressecados e sedentos.

Adormeci, sonhando com um futuro. Mas tudo o que tive, ao acordar, foi o passado.

O HOSPITAL EM MARSELHA

O Hospital da Conceição é uma bela construção, muito sólida, quando comparada com as pequenas choças cônicas do Harrar. Meu quarto é amplo, simples e impessoal. Um leito, uma cadeira, uma cômoda. Janelas altas, sem cortinas. Sobre a cabeceira, uma cruz. Na janela, as molduras dos vidros também formam uma cruz. E, por toda parte, freiras, eficientes, fanadas, cheirando a desinfetante.

Cheguei no dia 20 de maio de 1891, carregado, um inválido. Mas os pátios do hospital, os largos corredores silenciosos, as paredes sólidas e o cheiro de maresia e desinfetante me deram alguma esperança. Colocaram-me no primeiro andar, sob as arcadas. No pátio, as árvores começavam a se recobrir de brotos e alguns pássaros já construíam seus ninhos, cantando. É primavera.

No dia seguinte os médicos vieram me examinar, embora tivessem me diagnosticado ao entrar: "neoplasia da coxa." Expliquei que meu mal estava no joelho direito, que ele é que se recusava a me obedecer e que me doía, e ocupava todos os meus pensamentos.

Os doutores abanaram suas cabeças, cofiaram suas barbas, arrumaram seus colarinhos e não responderam. No dia seguinte, voltaram.

Sentia-me muito melhor. As enfermeiras me haviam banhado, barbeado, cortado as unhas. Minhas poucas bagagens estavam guardadas nas gavetas da cômoda. Uma caixa com contas de coral, alguns frascos de perfume, mantas de algodão colorido. As dores também tinham diminuído, tinham me dado láudano e eu estava sonolento como um bebê.

Apalpei meu rosto, magro, com meus dedos compridos. Contemplei meus pulsos finos, saindo da manga da veste que me puseram. A enfermeira, após preparar-me, ofereceu-me um espelho, para que me visse. Há tanto tempo que não me olhava num espelho... Não me reconheci. Os olhos fundos, encovados, a face descarnada, a boca entortada num esgar de dor meio escondida por um bigode áspero. Apalpei meu rosto para certificar-me de que não era uma máscara. Os cabelos grisalhos, cortados rentes, quase inteiramente raspados. As sobrancelhas espessas. Os olhos que já não eram mais azuis, escurecidos e gastos, cinzentos.

Os médicos se achegaram, descobriram-me, examinaram, confabularam. Abanando as cabeças, cofiando suas barbas, arrumando seus colarinhos, eles se entreolharam. Pediram-me que respirasse. Tomaram-me a temperatura. Apertaram os membros, a barriga. Perguntaram. Não responderam nada.

As enfermeiras suspiraram. Acomodaram-me outra vez no leito. Ofereceram água e alimento. Eu, outra vez sonolento, cabeceava, desatento. E sonhava com o deserto, se estendendo, imenso, vazio, amplo. O deserto. Vazio.

No dia seguinte eles vieram, os médicos. E, desta vez, falaram. Nas suas vestes brancas, nos longos aventais brancos, eles se achegaram, semelhantes a anjos. Abriram suas bocas e me condenaram. Achei que era o fim. Que aquele seria o pior momento, a queda.

XI

Dizem que os médicos do Hospital da Conceição, em Marselha, ao verem sua perna, abanaram as cabeças, negando as esperanças de seus olhos. A sentença foi unânime: Amputação.

Quiseram cortar, extirpar o mal, como se a lâmina pudesse retirar com sua precisão todo o mal que já se havia instalado. Cortar. Serrar. Seccionar. Separar.

Dizem que ele pediu-lhes piedade, perguntando: "Sabem quem sou?" Dizem que, aflito, ele mesmo respondeu: "Sou o andarilho. Atravessei toda a Europa a pé, em busca de glória, em busca de paz. Sou o homem calçado com sandálias de vento."

Os médicos se entreolharam e, tentando fazer graça, provavelmente responderam que já era hora de descansar. Talvez o mais velho até tenha ensaiado um sorriso, e olhado em volta, buscando os olhares de admiração dos mais jovens. Em sua vaidade, pensava, com certeza, que estava ensinando aos novatos a maneira de se comportar com sábio e discreto cinismo frente às misérias dos outros. Para que condoer-se? – ele talvez se tenha questionado. "Este infeliz não é o primeiro, nem será o último a perder um membro", foi o que ele se disse, baixinho. E, em voz alta para os estudantes que o seguiam em sua ronda, explicou que perder uma perna era melhor que perder um braço. "Há muitas coisas que se pode fazer com apenas uma perna." O que ele não entendia era que, com apenas uma perna, um homem necessitava de apoiar-se em muletas, e com isso perdia também os seus dois braços. Ainda não era a hora da tecnologia, quando uma perna amputada pode se tornar mais veloz e leve e fazer do amputado um atleta ainda mais rápido. Era a hora da madeira, da perna de pau, das muletas que se desequilibravam a cada irregularidade do terreno. O médico, como quase todos os médicos, não sabia o que esperava seu paciente após sua "cura". Para ele, tudo se resumia em cortar, seccionar, separar, raspar, serrar e costurar.

EM ÍTACA (PRIMEIRA TENTATIVA)

Onde fica Ítaca? Existiria um ponto cardeal que a indicasse? Ítaca está além, aquém, aqui ou, melhor dizendo, lá. Sempre lá. E é preciso chegar até lá.

Mas... e se nunca saímos de Ítaca? Se permanecemos para trás, em pé no cais, sem velas para partir? Se, para nós, as naus não se aprontam, os ventos não sopram, e as marés nunca se tornam propícias?

Nosso olhar se perde no horizonte, mas não sonhando com a partida, que nos é vedada, e sim esperando a hora da chegada. De quem? De quê? Esperar, sem saber bem o quê, esta a nossa sina, pois Ítaca é nosso destino, e nos mantém reféns em suas praias, em seu cais, em sua circularidade.

Olhamos a linha do horizonte e ela é o fio de nosso casulo, nos envolve a todos e é com ela que precisamos tecer nosso próprio futuro. Uma linha a ser torcida, trabalhada, até adquirir sentido. Uma linha. Nossa trama. E, do âmago de nossa solidão, manifestamos todas as vagas, todas as naus, todos os nãos. Tramamos.

Tramamos? Amamos, na distância, a quem nos abandona. E, em pé, no cais, em Ítaca, ou seja, lá, puxamos o fio que preservará o viajante. Faremos dele um herói. Esperaremos. Por dez anos, esperaremos. Por vinte anos, esperaremos. Por um século, ou dois, esperaremos. E não importa se um dia a linha do horizonte se transforme e infle numa nau que arraste, atrás de si, o céu e, consequentemente, o inferno.

Em pé, no cais, em Ítaca...

Nossos olhos contemplam o inferno e podemos ver que ele é múltiplo. Puxamos o fio e ele resiste, zombeteiro. É uma tarefa difícil tecer a dor, a revolta e a verdade. Como tecê-la, se a desconhecemos? O fio infernal resiste, mas insistimos; com dedos exploradores vamos desembaraçando seus nós; com ouvidos atentos percebemos os gritos que ainda ecoam no ar cristalizado que nos circunda, como uma redoma, em Ítaca. Tramamos. Amamos, sem saber que essa paixão reconhecida é o que valida o nosso sentido. E, por momentos, somos a própria linha, o horizonte, o casulo e a ilha. E é nesse breve momento, quando somos Ítaca, que o homem que partiu pode existir.

Somos tantos. Nossos olhos examinam o horizonte, escrutam o que não está lá, pois o lá é Ítaca e Ítaca somos nós. Nossos dedos exploram a linha, puxam-na com habilidade, e ela se deixa finalmente moldar numa figura humana. Uma figura mutante, que é o que não é; é o que nunca foi; é o que sempre foi: um vórtice. E, nesse vórtice, descobrimos aqui o mendigo, ali o camponês, aqui o aventureiro, ali o solitário, aqui o esperto, ali o libertário, aqui o poeta e lá... Lá. A vaga traz o vago contorno, o vazio. Lá somente existe a palavra e é essa a palavra que falta. Lá. Adiamos a morte. Lá. Narramos.

XII

Dizem que Arthur mandou um telegrama para a Mãe. Nas palavras ditadas a uma freira, que se fazia de enfermeira, entreviam-se o medo e a fragilidade, assinava-se a capitulação.

Amputação. Em três dias a mágica palavra poderia trazer a pessoa amada? Mas trazê-la para junto de si não seria bastante. E o seu amor? Viria com ela? Existiria? O afeto e o gesto carinhoso se fariam presentes?

Dizem que Vitalie chegou com seu ar de camponesa endomingada. O rosto vincado e sério, os lábios finos, quase inexistentes, descorados e secos. As mãos vermelhas e maltratadas, os braços fortes não se estenderam, abertos, para o filho. Os olhos cinzentos custaram a reconhecer o menino dourado que ele um dia fora naquele homem magro, seco, tisnado, de olhos cinzentos e cabeça raspada. As faces encovadas estavam vermelhas de febre, e seus olhos brilharam quando a viram entrar. A mesma Mãe, distante e fria, gelada.

Dizem que ela estendeu sua mão num cumprimento formal, e que depois sentou-se, na cadeira colocada próxima à cama. Dizem que perguntou se ele estava melhor, se alguma coisa lhe doía, e depois calou-se. "Paciência", ela aconselhou. No silêncio pesado do quarto, ouvia-se apenas a respiração de um e de outro, cadenciada, desencontrada. Dizem que ele perguntou-lhe como estavam as coisas em Roche. Dizem que ela começou a reclamar: "esta era uma péssima hora para se ausentar. Havia que arar, semear, levar o rebanho para outro pasto, cuidar das ovelhas paridas, recolher o leite. Os trabalhadores sem supervisão não terminavam as tarefas. E, se as chuvas viessem antes que eles terminassem a semeadura..."

Dizem que ele gritou: chega!

Dizem que ela levantou-se e caminhou até a porta. Depois voltou, sentou-se de novo na cadeira, que puxou para perto da janela, e tirou da bolsa um rosário, com pesadas contas de prata, e começou a rezar. De vez em quando, seus olhos examinavam o relógio na parede. Quando o horário de visita terminou, ela levantou-se e, de longe, desejou-lhe melhoras. Talvez tenha dito "passar bem", como era moda na época. E, sem um abraço, sem um beijo sequer, saiu, prometendo voltar no dia seguinte, no horário de visita.

Dizem que os olhos de Arthur acompanharam a figura da mãe, e que se encheram de lágrimas de frustração e de raiva. E que a freira que o encontrou chorando achou que podia mitigar-lhe a dor com um pouco de morfina. Mas, mesmo inconsciente, ele continuou a chorar.

THE MOTHER

Ela se sentava próxima à lareira, nos dias de chuva, e deixava seus olhos mergulhados na vidraça, olhando para além da janela, para o fim da rua, na curva do rio desaparecido sob a neblina, lá onde eles – os seus homens – desapareciam. O dia escuro e frio enregelava-a, e ela esfregava as mãos com força, e piscava muito os olhos que, de tanto se fixarem ao longe, começavam a lacrimejar.

 Finalmente ela se levantava, alisava as saias e saía, com seus passos duros e pesados, subia as escadas com persistente lentidão e se fechava no quarto austero, cuja única peça que traía luxo e voluptuosidade era a enorme cama, de madeira maciça, colchão espesso, lençóis macios, cheirando a lavanda. Uma cama de casal que tinha sido abandonada muito cedo pelo parceiro. Uma cama de prazeres interrompidos, de sorrisos e gozos murchos, de choro abafado, de frustração crescente.

 Quando chegou o telegrama, o que ela estaria fazendo? Costurando? Não, seus dedos não eram afeitos a trabalhos delicados. Ela já teria almoçado, almoça-se cedo no campo. O dia, com certeza, esfriava, pois mesmo em maio as tardes são frescas, frias, mesmo. Roche devia estar silenciosa. O trigo tinha sido arruinado pelo frio tardio, logo o ruído dos moinhos não estaria ecoando no ar. A terra estaria prenha, brotando as flores de maio. Aquele enorme arbusto do centro do pátio estaria coberto de flores. Lilases perfumados, cheiro doce atraindo os insetos enlouquecidos da estação.

Talvez ela tenha saído da sala e estivesse no pátio, supervisionando a preparação do queijo. Ou dando ordens aos trabalhadores, para fazerem os reparos no telhado, pois, certamente, o inverno rigoroso teria estragado algumas telhas, ou danificado as calhas. Ocupando-se. Fazendo-se necessária.

Seu cabelo já devia estar todo branco e ela continuaria prendendo-o no coque apertado de camponesa, guardado debaixo da touca.

Quando avistou o mensageiro, vindo, lá longe, na estrada, montando sua bicicleta, parou por instantes o que fazia, tentando adivinhar para onde ele estaria levando notícias. Depois, sem dúvida, alçou os ombros, despreocupada. Não havia de ser para ela. A notícia da morte de seu marido já tinha chegado há tempos, não havia mais nada para aguardar. E, no entanto, ela parou o que estava fazendo e passou a mão de unhas curtas e dedos grossos pelo rosto cansado.

Ao olhar de novo, o mensageiro estava quase chegando no pátio da fazenda e ela sentiu seu coração perder um compasso. Más notícias! Telegramas no meio da tarde... más notícias! Através da vidraça viu o rosto pálido de sua filha Isabelle. Ela tossia enquanto se enrolava num xale, apressadamente, procurando agasalhar-se antes de ir ao encontro do mensageiro.

Então se controlou, respirando devagar, mantendo um ritmo artificial, impondo a seu corpo uma tranquilidade que nunca sentia. Pois ela negava a vida, negava as emoções, e, de tanto fingir indiferença a tudo tinha se tornado friamente incapaz de amar. Em seu coração apenas um sentimento tinha lugar, o despeito, que muitos confundiam com o ódio.

Não, não odiava ninguém, mas também não amava ninguém. Nem mesmo a Deus. E por isso não rezou quando a filha, trêmula, lhe estendeu o envelope azul do telegrama. E sua mão não tremeu ao abrir o envelope. Seus dedos não hesitaram ao desdobrarem o papel. Seus olhos não se encheram d'água ao lerem as palavras escritas.

HOJE, VOCÊ OU ISABELLE, VENHA MARSELHA PELO TREM EXPRESSO...

Uma ordem! Ele ousava lhe dar uma ordem!

SEGUNDA DE MANHÃ...

Ele está em Marselha?!

... VÃO ME AMPUTAR A PERNA.

Amputar? Amputar a perna? Que grande ironia! Quantas vezes ela não o tinha ameaçado com isso? Vou te cortar essas pernas, como se cortam as asas de um pássaro para que não se escape! Vais ver! Desta vez escapas, mas da próxima, tu ficarás para sempre aqui, incapaz de fugir para te meteres nas confusões que só nos trazem vergonha e dissabores!

PERIGO DE MORTE.

Morrer! Como se ele já não estivesse morto para ela, vivendo a distância, naquela terra que ninguém conhecia, aonde nem mesmo o correio conseguia chegar! Morrer! Ela já o havia matado, assim como matara o pai dele, eliminando-o de sua vida através de uma única palavra: "viúva." Há quanto tempo ela matara o primeiro desertor? E, em seu coração, também ele já estava morto. Ele, o inútil do irmão, seu pai, todos os homens que a abandonaram, e também as filhas. O pequeno bebê a quem pouco conseguira abraçar e que lhe ensinara a dor da amputação. Pois a filha era um pedaço dela que lhe tinha sido arrancado. Levava seu nome, a pequena Vitalie. No seu corpo ainda estavam presentes suas marcas e o pequenino ser já não estava mais lá. E o marido também saíra de seu lado, reclamando do cheiro, do barulho, dos cuidados, deixando-a só. Mais só do que nunca estivera. Mergulhada no desespero da perda. E essa, embora não tenha sido a primeira, foi a mais difícil de aceitar. A mãe, morta. A filha morta. Como seguir vivendo? E o marido, indo e voltando, engravidando-a de novo, e reclamando de novo. E as crianças levadas para o campo, tratadas como bichos porque o homem não suportava seus cheiros, seus sons... E ela acumulando ódios, despeitos, lutando com as armas do catolicismo que, de repente, se embotaram. Levar sua pequenina Vitalie. Levar seu bebê! Que Deus podia ser tão mau assim? Mas ela escondeu suas dúvidas, pois suspeitava-se culpada. Culpada de luxúria, pois tudo fazia para ter aquele homem grande e pesado a seu lado na cama. Queria a sensação dos bigodes louros esfregando-se em seu pescoço, queria sentir a pele firme e os pelos dourados que a cobriam, queria o cheiro do macho, seu gozo resfolegante, o calor que lhe abrasava as coxas e o ventre e lhe provocava risos e gemidos. E mais uma vez engravidou, e nove meses depois teve em seus braços uma nova Vitalie, menina franzina, corpo miúdo em comparação com a cabeça de grandes olhos assustados. E ainda teve outra menina, Isabelle, seu canto do cisne, última semente plantada por aquele soldado esquivo, que marchou para longe, e que ela matou muito antes que ele morresse, dizendo-se "viúva".

PERIGO DE MORTE, releu. Não seria isso que a havia de comover. Conhecia bem a morte, e estava acostumada com as perdas. Mas o filho era esperto e, em seguida, escreveu:

NEGÓCIOS SÉRIOS A ACERTAR.

Então, era isso. Despesas. Mas talvez houvesse uma possibilidade de ganho. Ele teria liquidado seus negócios, sem dúvida. Alguma coisa havia de ter sobrado, e seria preciso que ela administrasse o valor que ele trazia, antes que o doidivanas gastasse tudo em bebidas e dissipações. Sim, ela iria. Sim, ela acompanharia o enterro do membro amputado, ela até lhe diria uma ou duas palavras menos ferinas. Ela era, afinal, sua mãe.

Às seis horas e trinta e cinco minutos seguiu a resposta de Vitalie, La Mother, para seu filho:

SIGO HOJE. CHEGO AMANHÃ DE TARDE. CORAGEM E PACIÊNCIA.

E assinou, agora com propriedade: V[iú]va Rimbaud.

A VISITA

Ela chegou com seus passos apressados e encontrou com facilidade a entrada do hospital. Com a cabeça descoberta, para mostrar seus cabelos totalmente brancos, as roupas surradas e fora de moda, mas bem-arranjadas e limpas, as botinas resistentes, ecoando pelos corredores amplos, seguiu a enfermeira, de amplas saias engomadas, cheirando a desinfetante. Lá fora, as árvores já estavam com um verde novo, ainda um pouco amarelado, estimulando os pássaros e os insetos a voarem por entre os brotos, esbarrando nas flores, sacudindo os galhos dos novos ramos preguiçosos. Olhava para tudo, avaliando. Boa limpeza, quartos amplos, confortáveis, mas sem luxo. Aprovava e calculava, mentalmente, quanto o filho pagaria por dia ali no Hospital da Conceição, o maior de Marselha.

Conversava com a enfermeira, querendo saber se a ala para onde iam era melhor ou pior que as outras. Queria saber quantos dias, em média, era a internação para fins de amputação. A enfermeira não sabia as respostas, evitava certezas. A ala dos oficiais de marinha era uma das boas alas, respondia, num tom de quem deseja reconfortar a mãe de um paciente. Mas a informação que a velha queria era referente a valores. A enfermeira, firme em sua crença, garantia-lhe que o "Senhor" proveria, que não havia nada que a oração não resolvesse. Mas a mulher, que nem era tão idosa (devia estar com pouco mais de

65 anos, embora sua cabeleira branca, sua pele gretada e seu corpo pesado lhe dessem pelo menos mais dez anos em aparência), tinha vivido o bastante para saber que o "Senhor" só distribuía tristezas e problemas. As soluções, tinha sido obrigada a buscá-las dentro de si mesma, no seu trabalho, nas suas economias. Embora fosse à missa todos os domingos, comungasse regularmente e se confessasse com assiduidade, sua crença se havia esgarçado até rasgar-se, deixando seu coração despido de esperanças, sobrevivendo apenas de hipocrisias e conveniências.

Quando entrou no quarto, não pôde reconhecer naquele homem magro e feio, de faces encovadas, ao redor do qual um odor estranho se levantava, como vapores saindo de um poço muito profundo, o seu filho. Parou por um instante e escutou a enfermeira, sem perceber que estava citando o Novo Testamento, dizer "mãe, eis aí teu filho".

Seus olhos percorreram as paredes do quarto, desceram pelo crucifixo, deram a volta na cama e examinaram mais uma vez o corpo comprido, magro, seco, crestado. Nada dos cabelos dourados, dos olhos azuis como boninas. Um homem. Magro e feio. Um cheiro inquietante. Ela ficou parada, como se avaliasse se ainda era possível escapar. Mas o homem se mexeu. Ele estava consciente de sua presença. Ela caminhou até o leito e viu que os olhos dele se acendiam, que a boca fina se entreabria, num esgar que se queria sorriso por baixo de um bigode maltratado.

Ela estacou. Estendeu o braço num cumprimento formal e seco. Um aperto de mãos. Sua mão avermelhada, de dedos grossos e grosseiros, ficou parada no ar, sobre a cama. Finalmente ele também estendeu sua mão. A pele escurecida do sol contrastava com a dela, que havia conservado a brancura do leite. "Boa-tarde", foi tudo que ela encontrou para dizer. Parecia que ele chorava. Ela virou as costas, a pretexto de arrumar uma cadeira. Sentou-se próxima à cama e comentou:

Sim, senhor, quase doze anos! Estás com cara de homem, com este bigode.

Ele olhava diretamente para o rosto dela, procurando algo que não conseguia achar.

Até que não pareces tão mal, como dizias nas cartas. Precisas te alimentar melhor, ganhar um pouco de peso. Mas estás com boa aparência.

O homem cerrou os olhos, mas as lágrimas silenciosas se escaparam por entre suas pálpebras.

Fez boa viagem?

Ah, essas viagens de trem... São uma maçada! E eu, com meus reumatismos, ah, foi um grande sacrifício. Viajar sozinha, subir e descer das plataformas, tão altas! E ainda carregar as valises. É quase um milagre ter chegado aqui!

Ela se calou. Ele também ficou calado. Os dois pareciam querer escutar os ruídos que vinham lá de fora. Uma aragem balançando galhos, estremecendo todas as folhas novas. Um ou outro pio de pássaro. Passos vagarosos. Finalmente, ela perguntou:

Então, como estás te sentindo? Alguma coisa te dói? Vais mesmo amputar a perna? Qual delas?

O homem olhou-a com decepção, com raiva, mesmo.

Tudo me dói. A começar pela perna direita, joelho, coxa, abdômen. E tenho febre. E uma sede terrível!

A mulher manteve-se impassível. Não se ofereceu para buscar-lhe um copo de água, não colocou sua mão sobre a testa febril.

Paciência – aconselhou.

O silêncio voltou a se estabelecer, impiedoso. A mulher, de vez em quando, desviava os olhos para o relógio.

Mais uma vez ele tentou estabelecer uma conversa, perguntando sobre como estavam as coisas na fazenda. Ela queixou-se. Tempo ruim, colheita fraca. Nada de lucros.

Tantas despesas! E, por falar em despesas, dissestes que tinhas negócios a arranjar. Trouxestes dinheiro? Como vais pagar as despesas?

O doente foi respondendo as perguntas uma a uma. Mas, a cada pergunta, ele se impacientava mais, percebendo que não conseguiria daquela mulher prematuramente envelhecida, um gesto de carinho, um afago, um sinal de ternura.

E quando é que vão amputar?

A palavra, dita por ela, tinha ressonâncias terríveis. Ela não mudou o tom, não tentou suavizar o horror de seu significado. Era apenas mais uma informação que desejava obter.

As coisas na fazenda não estão boas. Se não estou lá, nada se resolve a contento. Isabelle é muito fraca, não tem pulso. Tenho que verificar o conserto do telhado, acertar o contrato com os meeiros. Vigio para ver quantos campos eles plantaram, e tenho que ver se não me ludibriam, é preciso percorrer as plantações para calcular o quanto vão render...

CHEGA!

Ora essa! Estás me mandando calar?

A mulher, irritada, havia se levantado e parecia prestes a partir. Chegou a caminhar, com passos duros e sonoros, até a porta do quarto. Colocou a mão na maçaneta, abriu a porta. Mas acabou não saindo. Fechou a porta de novo, voltou para a cadeira, colocou-a próxima à janela. Tirou de dentro da bolsa um terço e ficou sentada, rezando, sem olhar para o filho. Seus olhos, eventualmente, examinavam o progresso dos ponteiros, até que eles chegaram na hora do fim da visita. Ela se levantou, esticou as saias, sacudindo-as. Guardou o terço na bolsa. Sem se aproximar, despediu-se.

– Então, boa-noite. Amanhã passo aqui de novo, depois da missa. Coragem e paciência!

E ela se foi sem um beijo sequer. Não houve, neste primeiro dia, um só gesto de carinho. Nem nos dias subsequentes. Ela se limitava a sentar-se na cadeira, agora voltada para a janela grande e sem cortina. Falou com os médicos. Soube que esperavam a melhora das condições físicas do doente. No dia 27 de maio, de manhã, as enfermeiras vieram buscá-lo cedo. A mãe não estava no quarto quando ele foi levado, de maca, para a sala de cirurgia. Ao chegar, encontrou a cama vazia, e ao lado dela, inúteis, um par de chinelas, quase novas.

"Que desperdício!", pensou. "Comprar chinelas novas, se nem sequer pode andar. Mas talvez eu possa vendê-las. São de boa qualidade. Creio que M. Laffont poderá se interessar por elas."

ANESTESIA

Na veia, injeções de conhaque, diluído. Vapores de clorofórmio para cheirar. Melhor assim do que ter que amarrar o paciente na cama e escutar seus gritos de agonia. A sala de cirurgia preparada, os instrumentos dispostos parecem pertencer a um mestre carpinteiro. Os mais terríveis são as serras, sem dúvida.
Os médicos recebem o paciente. Avaliam a perna, tentam cortar logo acima do joelho, mas percebem que o tumor é muito grande. Refazem a estratégia, voltam a cortar, mais em cima. O sangue empapa os lençóis, as mãos, os aventais. Uma artéria espirra sangue no rosto do médico, que prageja e cospe.
Uma auxiliar de enfermagem tenta, o melhor que pode, limpar o rosto do doutor. As horas passam. O doutor sorri, satisfeito com o trabalho. Seu assistente abana a cabeça, incrédulo.
Não pensei que ele fosse resistir. É forte como uma mula! Com a quantidade de sangue que perdeu...
Preocupo-me mais com a extensão do tumor. Olhe para isso – diz o chefe, apontando a massa sanguinolenta. – Ele terá muita sorte, se escapar. Mais de dois quilos, é o meu cálculo!
O assistente comentou um outro caso, de um tumor enorme, removido de uma paciente mais velha, juntamente com seu útero. O médico de sua aldeia natal julgava que ela estava grávida, mas tratava-se de um tumor, explicou. Quando finalmente removeram o abscesso, era tarde demais e a mulher não resistiu.

O trabalho de limpeza e sutura era monótono e demorado. Era preciso cuidado com os nervos, para que não ficassem pinçados, o que provocaria dores horríveis. Eles costuraram com calma, entre conversas. O chefe, após iniciar o processo, passou a tarefa para os subalternos e foi-se limpar e preparar-se para a próxima intervenção. Olhando o relógio, decidiu que seria melhor almoçar antes de atender o seguinte. Mais uma amputação, desta vez de um pé. Um acidente de caça, segundo lhe havia informado o paciente. "Atirar no próprio pé, que néscio! Coisa de caçador inexperiente, sem dúvida." Mas era uma cirurgia mais simples, de menores dimensões. E, no entanto, há poucas décadas, poderia significar a morte por gangrena. Infecções eram o pior inimigo dos médicos, mas agora, com os novos procedimentos de assepsia, as chances dos pacientes eram maiores.

Saindo do hospital, acendendo um charuto, o médico cruzou com uma mulher que lhe pareceu familiar. Olhos argutos, cabeleira branca. Lembrou-se, era a mãe do paciente que acabara de operar. Quis ser gentil e oferecer-lhe as boas novas sobre a operação.

Madame, a senhora é a mãe do rapaz que acabei de operar, não? Rimbaud?

Sim, sou a viúva Rimbaud.

Tenho boas notícias. A operação correu bem.

Boas notícias? Dizer a uma mãe que seu filho está perneta, que vai ser um aleijado para o resto da vida, não me parece uma notícia tão boa...

Minha senhora! Perdão! Pensei que ficaria satisfeita por seu filho ter escapado da morte!

Ora! Morrer tem suas virtudes, meu caro doutor. Principalmente quando se trata de um inútil... Passar bem, doutor!

A mulher afastou-se, deixando o médico atônito e mal-humorado. Irritado, fustigou com a bengala um arbusto que começava a florir. Deu uma baforada no charuto, cujo gosto lhe pareceu detestável. A mulherzinha tinha conseguido arruinar-lhe o bem-estar! Até a fome ele perdera.

Mas, ao chegar a casa, o tempero da velha cozinheira Felícia lhe restaurou o apetite e o bom humor.

DEVANEIO

Olhando-se no espelho, vestindo um longo de cetim negro, luvas brancas de pelica, brincos e colar, perguntava-se: "Quem sou?" A imagem era líquida, como se, ao invés de um espelho, estivesse contemplando-se num lago. Os cabelos longos, desgrenhados, estavam infestados de piolhos. Sua cabeça coçava e foi preciso mergulhá-la na água do lago. Com os olhos abertos, podia ver o fundo de lama, coberto de plantas ondulantes. Lentamente começou a soltar o fôlego, soprando o fundo, perturbando o lodo que turvou a água e encobriu sua visão.

Sufocava. Queria tirar a cabeça de dentro d'água, mas não tinha forças. A cabeça pesava, era uma pedra, e se enterrava no lodo. Num grande esforço, conseguiu libertar-se, mas o rosto se desfez, presa ao pescoço só havia uma caveira, amarelada, com todos os dentes à mostra numa risada horrível como a de uma hiena. O hálito fedia a morte e decomposição, era sufocante. Outra vez a sensação de falta de ar, de afogamento, e o desejo de abrir os olhos que já não existiam mais. Os globos oculares vazios, como os dos enforcados. Os olhos eram sempre os primeiros a desaparecer, bicados pelos corvos.

Ouviu uma revoada, eram eles, os corvos! Quis gritar, mas tinha medo de abrir a boca e os maxilares se desprenderem. No entanto, as asas agitavam-se por perto, assustadoras, e o grito saiu à sua revelia. A boca, muito aberta, se desfez e os dentes soltaram-se, rolando como pérolas de um colar arrebentado.

Arquejante, queria beber. A sede era enorme, a língua inchava em sua boca e crescia. Mas de quem era essa boca, rachada e seca, com a língua escurecida, pendente como a de um cão? A boca mexia-se, falava, dizia palavras ininteligíveis numa língua estrangeira. Seus ouvidos pareciam tapados de areia, era impossível escutar os sons dessa fala, que lhe parecia urgente.

De repente, a luz, uma luz forte, cegante. E um turbilhão de sons, e seu corpo mergulhado num poço profundo e frio, do qual era preciso escapar. Queria nadar para a luz, queria subir, escapar do poço, antes que seu fôlego acabasse e tivesse que ficar ali para sempre, no limbo, sem tocar a terra, flutuando a meio caminho entre o nada e a luz.

Lentamente viu o vento soprando as areias douradas das dunas, e o corpo foi-se descobrindo. Uma cabeça, um ombro, o pescoço forte, os braços longos, de mãos grandes e maltratadas, unhas quebradas... Um corpo partido, sem um pedaço, um corpo exangue, vazio. Um corpo imóvel. Como um cadáver.

Foi com horror que gritou. E uma cabeça branca, de pele branca, olhos brancos, boca descorada, fitou-o com curiosidade. A boca movimentou-se, disse alguma coisa, mas ele só escutou depois que a palavra tinha sido dita. "Paciência."

Fechou os olhos, para melhor entender o que se passava. A sede o enlouquecia. Pediu água. Mas o sono envolveu-o outra vez. Um sono entorpecedor, em que os sentidos se embotavam, mas o corpo todo se agitava, febril, numa ânsia de recomposição.

REALIDADE

No quarto, não havia ninguém quando ele voltou a si. Ele sentia dores e sede. Sua cabeça estava pesada, como quando acordava de seus sonhos de absinto. Onde estava? No escuro, ora se achava no mar, a caminho; ora se sentia perdido, desencaminhado. Gemeu. Agitou-se.

Logo escutou passos que se aproximavam. Ouviu a porta ranger, ao abrir-se. Uma luz se acendeu e ele precisou fechar os olhos, ofuscado. Uma mulher quis saber como ele estava. E depois lhe ofereceu água. Ele bebeu, sôfrego. E aí lembrou-se que estava de volta à França, que sua perna ia ser amputada, que a vida era uma grande decepção, e que um dia fora poeta.

A mulher, de avental e cruz no peito, tirou sua temperatura, levantou suas cobertas e olhou o seu corpo. Com dedos hábeis, explorou seu corpo, que reagiu instintivamente. Ela foi embora, sem lhe dizer palavra, como se tivesse ficado ofendida.

Ele, sentindo dores na perna direita, imaginava que, por alguma razão, tinha sido poupado. Estava inteiro. Foi feliz por um instante. Curioso, esforçou-se para sentar e levantou as cobertas. No escuro, não conseguia ver direito seu próprio corpo, mas a esperança tornava-o cada vez mais desperto, cada vez mais sensível. Dobrou-se. A perna doente não obedeceu, teve que usar a perna esquerda para apoiar-se e conseguir se sentar. Estava melhor, a perna ainda doía, mas já não era mais aquela dor lancinante que o impedia de mover-se. Sentado, apalpou as coxas, mas não conseguiu sentir seus próprios dedos. Sua mão tocava um embrulho, um pacote insensível. Foram descendo, e descobriram que o curativo acabava de repente.

A verdade trespassou seu corpo. A felicidade abandonou-o subitamente. A madrugada já clareava as paredes do quarto, e ele podia ver os lençóis brancos, revirados. Tentou de novo, com a ponta dos dedos, percorrer as pernas. Desceu as mãos pela perna esquerda, magra, ossuda, reconhecível. O dia amanhecia com uma luz sanguínea. Seus olhos procuravam o resto de seu corpo, mas ali, ainda doendo, já não havia mais nada. Um embrulho, uma trouxa de roupa, era o que parecia. E a memória da dor.

O PRIMEIRO ENTERRO

Na manhã úmida, o vento soprava inquietando as folhas das árvores do pátio, que sussurravam coisas incompreensíveis.

Vitalie chegou, pontualmente, na hora da visita. Sua fisionomia estava cerrada, aborrecida.

Impossível acreditar que tinha sido preciso fazer uma cerimônia fúnebre para um membro inútil!

A notícia atingiu-o como um soco. Os pesadelos tomaram o lugar da esperança. Era definitiva a mutilação. A mulher, sem nem ao menos perguntar-lhe como se sentia, abanava frente a ele um papel onde, com letra elaborada, descrevia-se a importância paga pelo enterro. Uma perna, numa cova, como uma semente que se planta.

Arthur gemeu, ainda atordoado com o resto do efeito do clorofórmio e do conhaque que percorria suas veias. Ele estava abatido, havia perdido muito sangue, mas era forte. Seu corpo estava habituado a pouco, era quase ascético e reagia às agressões impostas por sua vida duríssima e pela doença. Respirou fundo, procurou sentar-se. Pediu ajuda, e Vitalie, sem parar com suas reclamações quanto a gastos desnecessários, dizia que tudo era culpa da vida em cidade. Ali em Marselha, para enterrar alguma coisa, só num cemitério. Eram as novas ordenações sanitárias. Se estivessem em Roche, bastaria fazer uma cova na própria fazenda, ou levar a perna para ser enterrada numa clareira da floresta. Ironicamente, Rimbaud informou:

No Harrar, bastaria atirar a perna para as hienas. Sabe o que são hienas? São as feras mais horríveis da terra, não têm a graça dos grandes felinos, não têm a altivez dos lobos. São grandes, suas cabeças são pequenas e o pescoço é grosso, faz lembrar o de um búfalo. Seus focinhos curtos, de narinas muito abertas, parecem narizes de porcos. E elas riem. Atacam os cadáveres, os corpos inanimados das vítimas já mortas, e riem!

Sentado, com o dia claro e a cabeça menos atordoada, ele afastou outra vez a coberta e constatou a ausência da perna, que há mais de dois meses o torturava. E, no entanto, ainda sentia uma coceira no pé, como se, lá da cova em que estava enterrada, a perna lhe mandasse uma mensagem, como se lhe dissesse que ela ainda continuava sendo o centro de sua vida.

E agora? – perguntou, como se esperasse que a mãe lhe apontasse uma saída. – Como vou continuar a viver, assim aleijado? Como hei de sobreviver, ganhar a vida?

Ao invés de oferecer consolo, a mulher abanou a cabeça, como se não enxergasse uma possibilidade de vida.

Pobre desgraçado! Nem ao menos uma mulher tens, para cuidar de ti. E, agora, há de ser mesmo impossível arrumar alguém que te queira assim, aleijado.

Arthur ouvia suas lamúrias e ficava cada vez mais deprimido. Salvou-o a entrada do médico, um jovem assistente, rapaz de cabeleira loura, mas já com grandes entradas que prenunciavam calvície. Ele vinha acompanhado de uma enfermeira, baixa, encorpada, pisando o chão com tanta força que fazia as tábuas gemerem à sua passagem. Ela preparou uma bandeja com os instrumentos, para fazer a troca de curativos, enquanto o médico examinava o paciente.

Então, como se sente?

Fraco. E tenho uma estranha comichão no meu pé direito.

No esquerdo – corrigiu a mãe, interrompendo.

Direito. DIREITO!

Não se altere – pediu o jovem assistente. – É um fenômeno bastante comum, nos amputados recentes. O membro já não está lá, mas o cérebro conserva sua memória, prega peças. Isto há de passar, mas agora é uma sensação normal.

Enquanto falavam, a enfermeira tirava as faixas que envolviam o pedaço de coxa, com manobras que impediam que ele visse sua própria ferida.

Quero ver – pediu ele.

Vitalie também queria ver e tentava se aproximar, mas a enfermeira foi categórica:

Afaste-se, por favor.

Vocês terão muito tempo para ver o resultado da cirurgia. Por enquanto, o corte ainda está precisando de tempo de cicatrização. No entanto, posso lhes assegurar que estamos muito satisfeitos com o resultado, que tudo está correndo conforme o esperado. Dentro de mais alguns dias tiraremos os pontos e aí vocês mesmos poderão ver a beleza de trabalho realizado pelos doutores Pluyette e Nicolas. Pode fazer o novo curativo, Irmã. E, meu caro Sr. Rimbaud, alguma outra queixa? Como estão as dores? Acabaram, não é mesmo?

Não, ainda sinto dores.

Naturalmente. Mas agora são as dores cirúrgicas. Os remédios que vou lhe prescrever lhe trarão algum alívio.

E quando vou poder me levantar?

Ainda é cedo. Antes de cicatrizado o corte, o senhor deve permanecer na cama, sem tentar se levantar, nem sequer sentar.

Mas tente se alimentar bem, pois vai precisar de suas forças para quando estiver começando a se movimentar outra vez.

Terminado o exame, a freira e o médico deixaram Vitalie e seu filho sozinhos. A mulher abanou a cabeça, franzindo o cenho.

Estás pior do que eu pensava. Que grande maçada!

Com a cabeça enterrada no travesseiro, os olhos fechados, e os lábios cerrados com tanta força que se transformavam numa linha fina, ele lamentou, em silêncio, sua vida. E sentiu, contrariado, que seus olhos se enchiam de água e que as lágrimas escapavam apesar de suas pálpebras fechadas tentarem apresá-las.

AS MOIRAS

Três eram as Moiras, filhas de Têmis. Elas eram as responsáveis pela vida humana, mera linha, fiada, medida e cortada por elas. Torcido pelas mãos de Clóto, o fio da vida, algumas vezes, dava a impressão de que a fiandeira, ao invés de passar mel em seus dedos, para ajudar na tarefa, havia molhado sua mão em fel, e assim marcado seu trabalho com todas as dores e decepções do mundo. Sua irmã, Láquesis, encarregada de medir aquela linha dura e áspera, podia parecer mais misericordiosa que a irmã. Vendo como a linha tecida era rude, em alguns casos, parecia apiedar-se e escolher uma medida curta. Mas, em verdade, a escolha era aleatória. Às vezes, uma linha sedosa e maleável, suave, media pouquíssimo, pouco mais que um suspiro. Outras, um fio tenso e armado como arame, alongava-se num tormento que parecia eterno. A última irmã, Átropos, era quem manejava a tesoura. O que ela cortava não podia mais ser atado. Mas o que parecia simples, um mero corte, um ponto final, podia ser uma prolongada agonia, atroz. Para isso, bastava que ela escolhesse uma tesoura cega, que mastigasse o fio e demorasse a cortá-lo, exigindo tempo, esforço e sofrimento.

Ao escolher a lã para cardar aquele fio específico que foi a vida do poeta, Clóto pegou um bocado macio, dourado, mas, descuidada, foi juntando àquela lã de excepcional qualidade, bocados sujos, grosseiros, e, com as mãos embebidas em fel, criou um dos fios mais grosseiros de sua lavra. Láquesis, de olhos fechados, buscou em sua cesta a medida, que foi curta. Trinta e sete anos, apenas. Átropos, então, apanhou a tesoura mais cega, de lâminas dentadas, e mastigou com elas o fio que foi se rompendo dolorosamente por quase meio ano, numa lenta e torturante agonia, fibra por fibra. Um fim de vida destinado a mártires e santos.

Têmis, deusa primordial, observava as filhas em suas tarefas. Ela, deusa oracular, havia amado aquele poeta que se embriagara em seus mistérios e orgias, e que se pretendia conhecedor do futuro. Amava-o, é verdade, mas o amor dos deuses há de ser sempre cruel. Deixou-o entrever o futuro, permitiu-lhe que se embriagasse de sons e de fúria, e agora observava indiferente, distante, o desenrolar e enrolar do fio tecido, medido e cortado por suas filhas.

Ela sabia que há muito ele havia deixado de sacrificar-se em suas aras. Também abjurara a Apolo e a Dioniso, se deixando tentar, na luz e ordem, pelas sombras desordenadas do caos. Ele havia transposto a ponte sobre o abismo. Brilhara com luz própria no negror do desespero. Foi, então, abandonado pelos deuses. Rancoroso, silenciou. Rejeitou-os. Mas encontrou um outro a quem seguir, aquele deus cujo nome deve ser evitado; o de muitos nomes; o intérprete; o das sandálias aladas; o deus da fala, da literatura e da música; do comércio; do engano; do erro; das encruzilhadas; guardião dos sonhos e dos oráculos; patrono dos viajantes; o mensageiro, traço de união entre o divino e o mundo mortal; o condutor das almas para o Inferno.

O deus dos espantos, louvado com três "A", que revela a escrita e a alquimia, que aparece no Corão, sob o nome de Idris, e na bíblia, com o nome de Enoque, foi ele que marcou a sina do poeta e não lhe deu descanso, obrigando-o a uma longa e atribulada viagem, como a de seu outro neto, Odisseu. E foi esse deus desapiedado que escutou seus últimos delírios. E foi esse deus exigente que lhe inspirou a última mensagem. E foi esse deus amoroso que finalmente libertou-o da dor.

XIII

Dizem que, em Paris, alguns poetas redescobriam seus poemas, pouco a pouco. Em 1883, Verlaine, então com quase 40 anos, embora parecesse um velho, corroído pela bebida, chamou-o de "poeta maldito", ao inserir alguns de seus versos numa antologia com esse título.

Em 1886, foram publicadas as *Iluminações*. O título e a iniciativa eram de Verlaine, mas os poemas eram os do amigo, desaparecido e por muitos julgado morto.

Dizem que seu nome começava a ser conhecido e que um viajante, em Áden, perguntou a seu patrão se o Sr. Rimbaud não seria, por acaso, o poeta. Rimbaud estava na Etiópia, e não encontrou o viajante, mas se viu obrigado a responder a seu chefe, quando interpelado, que tudo não passava de loucuras juvenis. Ele agora era Abdullah Rimbe, comerciante respeitado e estabelecido. Um homem sério, solitário, sonhador. Suas ocasionais iras serviam apenas para mascarar um coração sempre pronto a condoer-se com a miséria e a dor alheia.

Dizem que ele, Arthur, não chegou a acreditar no interesse que seus poemas começavam a despertar nos leitores. Enquanto morria em Marselha, dizem que exatamente no mesmo dia, em Paris, o livreiro Genonceaux publicava dezenove de seus textos num volume intitulado *Relicário*, mas Darzens, dono dos manuscritos, entrou com uma ação na justiça e impediu a distribuição dos livros. Tanto Darzens quanto Genonceaux julgavam-no morto. O próprio Verlaine assim acreditava, e Delahaye, o amigo de infância, também não tinha notícias de seu paradeiro.

Em 1895, Vanier foi o editor das *Poesias completas de Arthur Rimbaud*, publicadas com um prefácio de Paul Verlaine. Neste volume está reunido um terço das composições conhecidas hoje.

Dizem que, então, ele saiu das sombras, e começou a brilhar, cada vez mais intensamente.

Dizem que hoje ele tem o maior número de seguidores, e é influência reconhecida entre "poetas acadêmicos" e "poetas do rock". No ano do centenário de sua morte, poetas obscuros e grandes ídolos do rock mundial acorreram à peregrinação sobre os passos de Rimbaud. Em Charleville, em Paris, até mesmo na distante Áden, as pessoas visitavam os locais onde sua vida se desenrolou. Mas onde encontrar o verdadeiro Arthur Rimbaud?

Dizem que muitos foram visitar seu túmulo, e deixaram mensagens para ele, poemas, pedidos, cartas. Outros surpreenderam-se com a pobreza do acervo dos museus de Charleville. A casa vazia, com algumas projeções nas paredes. Os pouquíssimos pertences, os raros retratos. Houve quem se trancasse na latrina, esperando reencontrar no frescor malcheiroso do lugar algum gatilho que lhe estimulasse a criatividade.

Dizem que muitos acompanharam a marcha Charleville–Paris, tendo-se surpreendido, com a resistência física do quase menino, obstinado e valente. Nenhum, que se saiba, tirou proveito dos cadarços de suas botinas gastas para acompanhar a récita de versos vibrantes de entusiasmo e vida.

Dizem que os olhos cansados dos usuários de metrô, em Paris, liam os versos do poeta, afixados nas estações e nos vagões partindo em diferentes direções. Outros se surpreendiam ao virar uma esquina e encontrar, em tamanho natural, um retrato do poeta, vestido em roupas modernas, como que encostando-se, distraído, em alguma parede, contemplando com olhos perdidos alguma visão de futuro.

Nos museus, exposições atraíam os turistas, e, nas universidades, as lições tentavam consertar, em sua atenção meticulosa, a indiferença do passado. Dizem que colóquios foram organizados, e sábios de todos os cantos do mundo tentaram ora separar o mito de sua vida do texto de sua obra, ora encontrar os sinais proféticos, em seus poemas, de sua própria vida. Outros sábios discutiram a desconstrução do sujeito e o desaparecimento do autor, como signos da modernidade. Outros provaram que a individualidade autoral de Rimbaud era um sinal do romantismo exacerbado do poeta.

Por toda parte estampava-se o nome de Rimbaud. Nos discursos políticos, nos cartões de aniversário, nos menus dos restaurantes, nos drinques elaborados com absinto, a palavra de ordem em 1991 era *Rimbaud*.

Alguns lembravam que era preciso "mudar a vida".

Dizem que ninguém notava que estavam todos se comportando como um rebanho de ovelhas. Eram todas negras. Mas eram um rebanho, e seguiam dóceis enquanto baliam furiosamente.

LÁUDANO E BELADONA

Foi com gotas de tintura de láudano e de beladona que domesticaram as dores cirúrgicas. O láudano provoca euforia, uma alegria que ele já havia esquecido. Retirado das sementes da papoula, uma flor que alegra a monotonia dos campos de trigo, não ameaça. Mas por seu gentil efeito, vicia. A beladona, essa, é a droga da morte. Seu nome completo, *Atropa belladonna*, a revela. Ela é um veneno poderoso, toda a planta, raiz, folha e fruto, pode matar com eficiência e rapidez. Mas, antes de matar, ela provoca alucinações, pesadelos. Talvez por isso os médicos associassem as duas drogas. Uma agradável euforia contrabalançada por uma droga ameaçadora, que provocasse reações desagradáveis, para evitar o vício. Combinadas, as duas têm um poderoso efeito analgésico, mas provocam transtornos na visão: enquanto uma provoca a dilatação das pupilas, a outra tem o efeito contrário, e, na maioria das vezes, isso acarreta a impossibilidade de controlar o foco visual. A realidade, desfocada, provocando insegurança, combina-se com outros efeitos indesejados, como ansiedade e insônia.

    Esses efeitos colaterais descontrolam o emocional do paciente, já abalado pela intervenção cirúrgica. E ele começou a chorar. Era um impulso incontrolável, uma capitulação, o desespero de quem já não tem mais nada a perder. Sem a perna, ele parecia ter ficado também sem sua identidade. Já não era mais o poeta rebelde da juventude, nem o comerciante estabelecido em terras distantes e exóticas. E nem lhe restava ser o grande andarilho, sempre em busca de um novo amanhã.

 E ele chorava. E, na presença da mãe, ao invés de consolo, encontrava ainda mais razões para seu pranto.

 Lágrimas, outra vez? – ela reclamava ao chegar e vê-lo chorando.

 Mas o que podia ele fazer? As lágrimas chegavam sem que ele desse por isso, a ansiedade de achar-se preso ao leito, o terror de passar o resto de sua vida imobilizado era desesperador.

 Tinha medo. Queria consolo. A mãe tinha pena, mas não sabia mais como ser carinhosa e suave. Tudo nela era áspero, seco, prático. Cumpriu sua obrigação de mãe, tratou dos pagamentos, de descontar a carta de crédito do filho, de aplicar o dinheiro. Exortou-o a ser forte, a ter paciência. Falou-lhe em Deus e na Sorte. Mas não soube enxugar-lhe as lágrimas e, desabituada ao amor, não conseguiu oferecer-lhe nenhum sinal do que lhe ia por dentro do peito.

 Ao final de duas semanas, ela se foi. Teria ido antes, assim que lhe retiraram os pontos e que lhe garantiram que ele não corria mais risco. Mas as lágrimas do filho adiaram sua partida. No dia 8 de junho, ela escreveu a Isabelle:

 "Minhas malas estão prontas e sigo amanhã, às duas da tarde... Tinha pensado em ir embora hoje, mas as lágrimas de Arthur me abrandaram."

 Seu sentido prático, porém, fez com que ela reconsiderasse: Seria preciso ficar um mês inteiro, até mais, e isso ela não podia fazer, uma vez que tinha tarefas a desempenhar na fazenda e que sua presença não influiria na recuperação do doente. E, no dia seguinte, após se despedir do filho, que não conseguiu entender o abandono, ela seguiu para a estação. A cena da separação fez mal aos dois. O filho nunca mais lhe perdoou. Nunca mais lhe escreveu, nem ela a ele.

LÁGRIMAS

Era difícil ficar sozinho outra vez. O quarto, austero, era sem atrativos. Durante o dia, os ruídos das pessoas passando, o movimento dos doentes e dos enfermeiros e médicos, o som das rodas do carrinho de comida, os fiapos de conversa do lado de fora de sua janela, ou no corredor, distraíam-no um pouco.

Também havia a sonolência provocada pelos remédios, e as horas se passavam, lentas. De noite, o tempo se cristalizava. No escuro, ele podia escutar gemidos e gritos de agonia, o som se propagando nos corredores desertos. Insone, ele se desesperava. Já não havia mais com quem desabafar. Ele estava só. Mais só do que no Harrar. Mais só do que nunca estivera, acompanhado apenas de todos os medos, de todos os terrores.

Diariamente recebia a visita do médico de plantão e das enfermeiras, que examinavam o corte, refaziam curativos. Reclamava das dores.

São dores nevrálgicas — esclareciam.

Mas o fato de conhecê-las pelo nome não as tornava mais suportáveis. A perna ausente continuava sendo o centro de seu corpo, de suas atenções. Desesperado, voltava a chorar.

Uma das enfermeiras teve a ideia de lhe trazer papel e tinta, para que ele escrevesse. As cartas poderiam ajudá-lo, já que ele nada podia fazer. Levantar-se do leito estava proibido. Havia que ficar na cama por um mês, antes disso, não receberia autorização para movimentar-se. E, mesmo depois desse tempo, as coisas não mudariam com rapidez. Ele precisaria aprender a andar de muletas, e ainda teria que aguardar por uma perna de pau. Somente depois de alguns meses é que poderia mandar fazer uma prótese, uma perna artificial.

As lágrimas foram, aos poucos, substituídas pelas gotas de tinta usadas para escrever. O consolo foi chegando nas cartas de sua irmã Isabelle e nas dos amigos distantes, que lhe mandavam as notícias, geralmente más, da África.

Sua primeira carta é para a irmã. Nela reclama de sua falta de sorte: dores nevrálgicas, necessidade de manter-se acamado, impossibilidade de se movimentar, quando liberado, a não ser muito lentamente.

Saindo de si, preocupa-se com a eventual doença da irmã, e de seus terrores. Histórias de enterro, medos. Podia entender isso, podia entender quase tudo, menos o abandono da mãe: "Fiquei tão chocado quando mamãe se foi que não pude compreender a causa." Mas consegue uma palavra carinhosa, mesmo que sob um verniz de ciúme: "Mas agora acho acertado que ela esteja aí para cuidar de você. Peça-lhe desculpas e deseje-lhe um bom dia de minha parte."

De noite, o pesadelo voltava. Solidão. Tristeza e depressão. Os sons lúgubres de outros pacientes, acometidos de dor e de medo. Um pássaro agourento piando lá fora. Os distantes sons dos sinos das igrejas. Dobres lúgubres e lentos.

A perna cicatrizando vagarosamente. As dores com ou sem nome de batismo, impedindo-o de dormir. A ansiedade. O medo, agora acrescido de outro, o medo de contrair alguma nova doença, e de não se curar jamais, ficar para sempre preso ao leito do hospital, vagando como uma sombra, lentamente. Ele desejava escapar-se, evadir-se. Ele, o aleijado, ele, o amputado, um inútil. Ele, ainda transpassado pela dores, mas cujas cores voltavam às faces, e cuja interação com os outros se ia restabelecendo através da palavra escrita, ele ia caminhando para o fim, para o próximo capítulo.

POR QUE, ENTÃO, EXISTIMOS?

Quantas vezes me perguntei por que existimos? Que Deus cruel e sádico terá criado esses bonecos cheios de sentimentos e emoções, para se divertir destruindo todas as suas ilusões?

Revejo em minha infância os rostos sujos e famintos de crianças, maltratadas, brutalizadas, que, por sua vez, maltratavam e brutalizavam os seres menores que elas, fossem irmãos mais novos, animais ou répteis e insetos. Com que requinte de crueldade aprisionavam pássaros e furavam seus olhos redondos como contas brilhantes! Com facões surripiados das cozinhas, cortavam a cauda dos lagartos para verem-no escapar-se e depois, lentamente, regenerar-se. A cera derretida das velas servia de tortura às moscas que se acasalavam, entontecidas pelos instintos, nas tardes preguiçosas de verão. Um pingo bastava para imortalizar o ato amoroso, e para deleitar aqueles cujo rosto ainda estava vermelho da bofetada do pai ou do irmão.

Que Deus indecente criou os padres, de cabelos ensebados e batinas imundas, que, com falsas palavras doces, chamavam os meninos para a confissão e colocavam em suas bocas e mentes palavras e pensamentos sujos? Com suas mãos suadas, pegavam as mãos dos meninos e colocavam-nas nos seus membros quentes e pulsantes, escondendo o ato com o missal aberto sobre o colo.

Que Deus indiferente permitiu que bebês esquálidos morressem de inanição, sugando os peitos murchos de mulheres que vendiam o próprio leite? Que Deus criou a febre, a varíola, a guerra, a bebedeira? Que Deus criou, irônico, as esperanças, os idealismos, os sonhos, para que tudo acabasse pisoteado na lama mais imunda das sarjetas?

Houve um tempo em que as palavras serviam de consolo. Quando o real se tornava insuportável, um livro abria-se dócil e nos carregava em suas páginas mágicas para outros mundos, lugares em que o mal acabava sempre sendo castigado e onde todo sofrimento recebia sua recompensa, ainda na terra.

Meus livros de infância, amigos que me salvaram dos terrores da noite, das decepções do dia. Mistérios e revelações, lições inúteis frente aos mais que reais horrores espalhados por uma terra de gente hipócrita, brutal, deformada.

Se os livros consolavam, a experiência da vida era sempre assustadora. Nas histórias exemplares ouvidas na escola e no lar, havia tormentos gratuitos, violências, perversões. Na própria Bíblia, cuja leitura era exigida pela mãe, como não assustar-me com o quase sacrifício do inocente Isaac? Os padres e a mãe tranquilizavam as crianças, dizendo que Deus apenas queria testar a fé do patriarca. Mas eu sonhava com a mão impiedosa do pai sujeitando o jovem assustado, que, caso o anjo do Senhor se tivesse atrasado um segundo, teria perecido. Em minha opinião, o teste era do amor pelo filho, e o pai tinha falhado. Sonhava também com Ló, outro pai impiedoso, que oferece suas filhas virgens à multidão luxuriosa, para salvar dois estrangeiros, de passagem pelas cidades da planície. Os pais abandonavam seus próprios filhos por um Deus ausente, como não me revoltar contra isso?

Por que fazer filhos, para que criar vida, se vamos abandoná-la em seguida, permitir que sofra todos os tormentos? Por que existimos?

Em um breve instante de minha vida, julguei que havia encontrado minha razão de viver: eu era um vidente, vim para esclarecer e levar os homens a uma nova percepção do mundo. A mim, com meu desmesurado amor pela palavra, cabia reinventar a poesia, reinventar o amor, recriar o mundo.

Fui traído. Abandonado pelo pai, o anjo do senhor não chegou para me salvar no último momento e foi preciso viver o ultraje, a vergonha. E aprendi, eu também, a ultrajar, a conspurcar, a reagir. Ultrapassei todos os limites, conheci todos os males, mas nunca cheguei à bem-aventurança. Minha jornada me levou ao Inferno e lá me deixou, no êxtase da agonia. Um êxtase que se prolonga, que se renova em sofrimentos novos, pois a cada vez que me acostumo a uma dor, outra vem me surpreender.

Não faço outra coisa senão chorar. Dia e noite. Percebo que estou estropiado, e que já não poderei mais fazer as loucas corridas pelos montes, as cavalgadas em que varava desertos e rios. Nunca mais o vento dos mares em meu rosto, enquanto eu respirava fundo na proa de uma embarcação me levando para a distância, para além do horizonte.

Adeus, vida. Adeus, futuro. Adeus, sonhos. Não passo de um aleijão imóvel e inútil.

MULETAS

Não saberia dizer qual o momento em que a amputação se torna mais horrível. Quando se acorda e se constata a ausência da perna? O cotoco da perna embrulhado em ataduras grotescas e a nítida sensação de que o membro ainda se encontra no lugar, embora nossos olhos e nossas próprias mãos possam ver e apalpar o vazio?

Ou seria numa tarde como essa, num dia 24 de junho, igual a tantos outros dias de junho, quando a temperatura está agradável, um pouco quente, e lá fora os pássaros cantam enlouquecidos com a proximidade do verão? Numa tarde em que chegam enfermeiras sorridentes, cheirando a desinfetante, trazendo consigo um artefato de madeira que me apresentam como uma coisa muito boa.

Suas muletas! – anunciam, com vozes risonhas. – Agora já não tem mais do que reclamar! Vai poder andar, passear, retomar sua vida...

Competentes, sentam-me na cama, esperam que minha tonteira passe, ajudam-me a calçar meu único pé, acomodam as madeiras em minhas axilas. Eficientes, práticas, confiantes. Elas me levantam, e me olham, e me estimulam:

Então? Vamos? Não quer dar um passeio?

O que elas não sabem é que tudo está mudado. Que é preciso aprender a andar com as muletas, e que também é preciso aprender a equilibrar-me, sem uma perna. O corpo, sem a perna, cortada tão acima do joelho, perde seu centro de gravidade. E, depois de tanto tempo de imobilidade forçada, minha perna esquerda perdeu a firmeza. Não suporta mais meu próprio peso. Elas também não sabem que, perdendo uma perna e precisando de muletas, perde-se, simultaneamente, o uso de nossos braços e mãos, meros apêndices para segurar o artefato que se torna a marca e a identidade de aleijados.

Alguns passos, foi tudo o que consegui.

Os dias se seguem, mas não faço grandes progressos. Muletas, não sei para que servem! Dou uns passos e paro, com medo de cair e de me aleijar ainda mais. Não consigo subir e descer com elas, para galgar ou descer, mesmo um único degrau, é preciso que me segurem pela cintura. Mas estou sempre de pé, e pratico, sem maiores êxitos. O fato é que não consigo andar mais do que alguns minutos com elas. Logo a outra perna se congestiona, incha, cansa. Meu medo é ter alguma doença nos ossos e perder a outra perna. Tenho pensamentos terríveis, que não me deixam dormir. O que será de mim se algo acontecer à minha perna esquerda, meu único arrimo no mundo? Com pavor relembro que o abscesso do joelho direito começou depois de duas semanas de insônia. Receio ter outra moléstia, uma nova infelicidade. Mas, desta vez, nada de amputação. Na verdade, cicatrizei tão rápido que chego a supor que essa mutilação poderia ter sido evitada. Peço uma perna articulada, que me permita abandonar estes artefatos desajeitados. Com ela, caminha-se com uma bengala, apenas. Impossível! Tenho ainda nevralgias terríveis no coto, e é preciso esperar que essas dores passem para poder ajustar a perna mecânica ao coto, mesmo recoberto de algodão. Mas vou adiante e encomendo uma perna de pau. As nevralgias podem demorar a passar, dizem os médicos. Em alguns casos, podem perdurar por 6 meses, ou até mesmo um ano.

Os médicos querem me dar alta. Por eles, sairia daqui amanhã mesmo. Mas de que adiantaria? Impossível dar um passo. E, com as nevralgias, nada de perna de pau, nada de perna mecânica, só me sobram as tenebrosas muletas. Os médicos afirmam que, em muitos casos, as dores não ultrapassam os dois meses. Se fosse apenas isso, ficaria feliz. Passaria o mês que me falta aqui no hospital e sairia já com uma perna articulada.

Os dias passam, pratico sempre com as muletas. As pessoas riem ao me verem saltitar. Concordo que tenho o aspecto de um imbecil. Ao caminhar, não posso desviar a vista de meu único pé, nem afastar os olhos da ponta das muletas. Com a cabeça e os ombros inclinados para frente, tenho a sensação de estar parecendo um corcunda. Saltito uma centena de passos e sento-me, exausto. Minhas mãos estão enfraquecidas, minhas axilas esfoladas pelo atrito. Tenho, verdadeiramente, o aspecto de um imbecil, seja sentado ou em pé. O desespero toma conta de mim, um ser impotente, assustado quando vejo os outros se movendo à minha volta, com "medo de que me derrubem e me arranquem a outra pata". Choramingo, à espera da noite e da insônia, que me trará um dia ainda mais triste que o de hoje. Um folhetim triste e repetido, sem imaginação e sem solução.

O novo dia me surpreende ainda acordado, a imaginar meios de locomoção. Gostaria de partir. Para onde? Para um outro lugar, não importa. Às vezes penso que gostaria de voltar para Roche, onde a temperatura deve estar agradável, mas creio que não haverá lugar para meus "exercícios acrobáticos". Começo a compreender que muletas, pernas de madeira ou mecânicas não passam de piadas, de uma tralha inútil. E, sem as muletas, sem esses apoios toscos, não posso fazer nada, nem mesmo existir. Até para me vestir preciso bancar o acrobata. Tenho dores nevrálgicas muito fortes no braço e no ombro direito, sem dúvida pelo esforço que as muletas impõem aos meus braços. Minha perna esquerda também anda dolorida. E o coto de perna, sempre atacado de nevralgia, me parece aumentar de tamanho. O médico já não passa mais para me ver, desde que a perna cicatrizou. Abandonaram-me. Os doentes, para eles, não passam de objetos de estudo, isso é sabido. Tenho o quarto pago até o fim do mês e embora não me ache interiormente curado, também receio ficar e expor-me a varíola, tifo e todas as pestes que aqui habitam! Estou farto de hospital! Tão farto que experimentei usar a perna de pau que mandei fazer, bastante leve, envernizada, acolchoada, muito bem-feita. Custou-me 50 francos. Apesar das nevralgias, amarrei-a e tentei usá-la, embora ainda com o auxílio das muletas. Uma decepção, e ainda inflamei o coto, só vou poder voltar a experimentá-la daqui a 20 dias, ou mesmo um mês.

Que tristeza! Há apenas cinco meses eu era ativo, livre. Ia para onde queria, correndo pelos montes, atravessando países a pé, fazendo longas cavalgadas, atravessando montes, desertos, rios e mares. Estou longe ainda de poder circular. O pior é dar adeus a todos os planos e sonhos. "Adeus, casamento, adeus, futuro. Minha vida acabou. Não passo de um aleijão imóvel." Morrerei onde o destino me atirar, resignado. Mas seria melhor voltar para o Harrar, onde tenho amigos de muitos anos, longos anos, pessoas que se apiedarão de mim. Na carta que recebi de Pietro Felter, tive consolação. O italiano diz conhecer bem meu ânimo e minha filosofia, e que por isso sabe que, uma vez curado o meu mal, uma perna a mais ou a menos não me impedirá de seguir meu caminho. Ah, se ao menos eu já pudesse seguir para o Oriente, retomar minha estrada, rever o pobre Djami, seu filho, sua Miriam. Voltar às minhas caravanas! Será possível voltar a cavalgar? Sem dúvida posso adaptar algumas correias na sela, que me mantenham equilibrado e firme. Certamente será menos penoso que saltitar por toda a parte com estas muletas terríveis. Ainda bem que não deixei de escrever ao rás Makonnen, aquele safado todo-poderoso.

Quanto tempo faz que já estou aqui? Uma eternidade. O tempo que se leva para perder todas as esperanças? O tempo necessário para recuperar o ânimo e a fé? Basta! Um mês é o bastante. Já avisei a Isabelle, dentro de dois ou três dias hei de me arrastar como puder até Voncq. Serão muitos os transtornos. Vou precisar de que me coloquem no vagão, e me desçam dele. Despesas e fadigas. Trabalhos sem fim. E, no entanto, me alegro em pensar que as coisas vão melhorar, pois, por mais estúpida que seja minha existência, agarro-me à vida. Sim, vou partir, mais uma vez. Basta afirmar isso para sentir-me melhor.

UM BICHO, UM NEGRO...

Olho em volta, com ar feroz. Sinto-me um bicho, um negro. Os passageiros do trem desviam seu olhar, mas posso surpreender, vez por outra, a expressão de piedade de uma mulher, o riso galhofeiro de outro, ao perceber meu aleijão. Defendo-me, olhando a todos com fúria, com a expressão furiosa dos loucos e dos muito maus. Transformo-me num bárbaro, num ser infernal. Mas a verdade é que dependo da piedade dos outros. Num sacolejo mais forte do trem, uma mulher me ampara, e coloca uma de suas trouxas a meu lado, como uma almofada. Um homem, com cara de marujo e hálito carregado de álcool, quer saber como ocorreu meu infortúnio.

De repente, minha língua se desata e rememoro os meus males. Sinto um prazer enorme em repetir, mais uma vez, o que me aconteceu. Como me transformei, de comerciante em terras desconhecidas, num aleijado impotente e inútil. Conto-lhe das primeiras manifestações de meu mal, de como o clima do Harrar esfria nos meses de novembro a março, mas confesso que, por hábito, conservava a mesma vestimenta, uma calça e uma camisa de algodão, nada mais. Falo das caminhadas diárias de 15 até 40 quilômetros por dia. Das minhas loucas cavalgadas pelas montanhas acidentadas, das quedas. Da dor artrítica que desenvolvi, sem dúvida por causa do cansaço a que me submetia, e da alternância de frio e calor do clima. Primeiramente, relembro, tudo não passava de uma espécie de martelada na rótula, uma dor súbita que, assim como vinha, se ia. Mas sentia dificuldade em mover a articulação, que parecia ter-se ressecado, repuxando minha coxa. Foi então que as veias ao redor do joelho começaram a inchar, desenhando-se em relevo, como um mapa. Supus que se tratasse de veias varicosas. O marinheiro concordou com a cabeça, dizendo que as dores das varizes deixam um homem sem coragem para nada. Mas eu contradisse, pois esse nunca fora o meu caso. Conto-lhe como insistia em caminhar, embora cada vez com mais dificuldade. Era como se, a cada passo, um espinho penetrasse minha carne. Lembro-me de que passei a montar mais, e a cada vez que me apeava me sentia mais estropiado. Foi então que a coxa começou a inchar, o joelho dobrou de tamanho, e a cada passo as dores iam de meu tornozelo até a cintura. Atei a perna, banhei com ervas, com sais, com água quente ou fria, friccionei com álcool, mas sem resultado. Perdi o apetite e o sono. Como resultado, digo, fiquei parecendo um esqueleto. Relembro que, há apenas quatro meses, foi preciso acamar-me. Meu joelho ficou parecendo uma bola, imóvel, dura como um osso, a perna completamente enrijecida enquanto minha fraqueza física e moral aumentava, me deixando abatido e incapaz de tocar meus negócios. Tive que liquidar tudo, com grande prejuízo. O comércio não tem piedade com quem não respeita as regras do tempo. Comprar e vender têm tempo certo. Se perdemos a janela da oportunidade, o prejuízo é inevitável.

 Já não sabia mais se o marinheiro estava acompanhando minha fala, se seus movimentos de cabeça eram de anuência e interesse ou se não passavam de um balouçar de sono. No entanto, falar me fazia bem. E eu contei como desenhei e mandei construir uma espécie de padiola coberta na qual fui transportado, por dezesseis homens, se alternando de quatro em quatro, até o porto de Zeilah. O marinheiro já tinha ouvido falar de Zeilah. Um cunhado seu conhecia alguém que havia aportado em Zeilah, a caminho de outras terras.

Mas eu o interrompi, precisava contar a história mais uma vez, rememorar que, no segundo dia de viagem, fui surpreendido por uma chuva torrencial, e que foi preciso ficar sob o aguaceiro, sem abrigo e sem possibilidade de me mover durante dezesseis horas, o que me causou um grande mal. No caminho, como não podia sair da liteira, eles estendiam uma tenda por cima do local onde me depositavam. Lembro-me de como era preciso que eu mesmo escavasse com as mãos um buraco próximo à borda da padiola e, pondo-me um pouco de lado, com muita dificuldade, defecava na cova que depois cobria com terra, o melhor que podia. Quinze dias depois, ao chegar a Zeilah, estava exausto, inteiramente paralisado, mas só pude descansar umas quatro horas, pois um vapor partia para Áden. Içaram-me a bordo, e deixaram-me no convés, em cima de meu colchão, onde passei três dias sem comer. Quando cheguei a Áden, estava tão magro e fraco que o Sr. Tiam, para quem trabalhei tantos anos, custou a me reconhecer. Mas foi ele quem me acolheu em sua casa, e depois fez transportarem-me ao hospital onde um médico me aconselhou a voltar para a Europa.

Conto-lhe que, aqui, os médicos, uma cambada, uma corja, me convenceram de que devia amputar a perna, que não havia tratamento possível para o meu mal. Afirmo-lhe, segurando seu braço com força, que estou convencido de que, se tivesse tratado logo a dor na articulação, se tivesse tomado as providências logo no início, meu mal teria sido curado, sem deixar sequelas. Eu mesmo, com minha obstinação em trabalhar, em caminhar, tinha estragado tudo.

Aconselhei, ao marinheiro e a todos que ali se encontravam, a exigirem que, nos colégios de seus filhos, lhes fossem ensinados princípios básicos de medicina, para evitar besteiras como a minha. Porque, confessei, era preferível não amputar membro nenhum. E, se pudesse voltar no tempo, não teria permitido a cirurgia.

Falar fez-me bem, pois, embora tivesse terminado meu relato renegando a amputação, percebia que me sentia melhor do que há quatro meses. Ainda sentia dores, é verdade, mas eram dores nevrálgicas e iam passar. Os médicos me haviam garantido. E, mal ou bem, estava outra vez a caminho. Na minha bagagem, seguia uma perna de pau, envernizada, acolchoada, bem-feita. Assim que o tempo de cicatrização passasse, que as nevralgias diminuíssem, aprenderia a andar com ela e uma bengala. E, depois, uma perna articulada me permitiria uma locomoção mais fácil. No final de setembro, quando o tempo começasse a esfriar em Roche, eu estaria seguindo para o Egito, ou mesmo diretamente para Áden, num navio das Messageries Maritimes. Reencontraria os amigos. Retomaria os negócios. Um sorriso distendeu minha boca. Quando cheguei à lúgubre estação de Voncq, estava de bom humor. E fui capaz de saudar minha irmã, que me apareceu como uma cópia mais adoçada de minha mãe. O mesmo traje escuro, as botinas sensatas, o cabelo puxado num coque austero. Os olhos dela eram azuis, tão azuis como os meus haviam sido. E ela sorria, penalizada, sem conseguir encontrar no meu rosto os sinais do rapaz de 26 anos, atormentado e rebelde.

Mas eu estava de volta. E em breve partiria outra vez. Recomeçaria.

XIV

Dizem que ele se desesperou com a partida prematura da mãe, mas que as cartas de sua irmã Isabelle conseguiram dar a ele algum afeto e esperança. Isabelle, escrevendo a cada dois ou três dias, uma irmã que ele pouco conhecera, e que pouco o conhecia, para quem ele era o irmão distante, que estava sempre de partida, sempre distante, teve sensibilidade e paciência para o tranquilizar.

Dizem que ela conseguiu as informações que lhe asseguraram que ele podia voltar à sua terra natal, sem medo de ser levado à prisão por não estar em dia com o serviço militar. E que foi ela quem, em todas as cartas, o chamou de volta para casa, repetindo-lhe que ele seria bem-vindo, e que lá ele conseguiria recuperar as forças para recomeçar.

Dizem que ela postou as cartas que chegaram para ele, vindas de amigos distantes. Que foi quem perguntou em que quarto ele preferiria ficar quando voltasse, que se admirou com a escolha de um quarto no andar de cima, uma vez que o irmão insistia na dificuldade de subir e descer degraus, mas que não o contrariou e preparou o quarto com cuidados de uma dona de casa caprichosa.

Dizem que foi por temer o contágio de outros males, depois de um mês de internação no Hospital da Conceição, que ele resolveu voltar à casa da família, e que, ajudado por outros pacientes e por enfermeiros, conseguiu comprar sua passagem de trem para Voncq. Contratou transporte para a estação de trem, saltitou como pôde até o vagão, e ajudado por uns e outros, acomodou-se em seu lugar, com um olhar sombrio e feroz, para evitar que o olhassem com a piedade ou a zombaria que as pessoas do povo contemplam os mutilados.

Dizem que no dia 23 de julho de 1891 ele deixou o hospital e embarcou para Voncq, distante apenas três quilômetros da fazenda de Roche. Dizem que sua irmã o aguardava, e que esta o reconheceu, não porque se lembrasse de seu rosto, mas porque era fácil reconhecê-lo por conta de sua cicatriz, de sua falta. Dizem que não se abraçaram, pois era impossível abraçá-lo com suas muletas, mas que ele sorriu ao vê-la.

Dizem que ele chegou de bom humor, que parecia contente com o regresso, apesar de que o tempo estivesse ruim, nublado, um pouco frio. Dizem que ele não perguntou pela mãe, mas que Isabelle se apressou em dizer que ela o esperava em casa, e que estava contente com sua vinda, e que, enquanto falava, sem olhar para seu rosto, ia ajudando-o a se acomodar na charrete, e que o cobriu com uma manta de lã, e supervisionou a colocação de sua pouquíssima bagagem na plataforma de carga do veículo.

Dizem que, quando sentou-se ao seu lado, ele esticou a mão e tocou seu rosto com suavidade e espanto, como se reconhecesse nela uma outra pessoa. E que ela, emocionada, deixou seu rosto pesar naquela mão tímida, e, sem poder se conter, chorou. Um choro manso, quieto, breve.

Dizem que ela o levou até o quarto que tinha preparado para ele e que ele exclamou, entre brincalhão e irônico:

Até parece Versalhes!

Dizem que, na verdade, depois de mais de dez anos de uma vida simples e pobre de confortos, o quarto com lençóis perfumados a lavanda, cortinas e tapetes, uma lamparina na mesa de cabeceira, uma poltrona estofada lhe pareceu mesmo luxuoso, e que depois de comer uma refeição simples, ele se deitou na cama e adormeceu, apesar das dores no braço e no ombro direito, e de seu coto de perna inchado e latejante.

Dizem que houve dias em que ele passeou de carroça, na companhia da irmã, e que até mesmo a mãe o acompanhou numa de suas visitas ao médico, Dr. Henri Beaudier, em Attigny. Ele queixava-se de dores artríticas no ombro e no braço, que estavam endurecendo e impedindo-o de praticar com sua muleta. O Dr. Beaudier receitou um analgésico, óleos para massagem. Examinou também a perna amputada e surpreendeu-se com o tamanho do coto, avermelhado, cortado tão alto. Mas o corte estava bem cicatrizado e não parecia infeccionado, e o médico, que não estava habituado a tratar de pacientes amputados, achou que aquela era a aparência habitual de casos como o seu.

Dizem que seu humor, a princípio, surpreendeu a todos. Dizem que ele queria ver gente, saber das modas e entender as mudanças de costumes durante seus anos de ausência. Dizem que aceitou a visita de alguns vizinhos, mas que se recusou a ver seu irmão, Frédéric, que tentara chantageá-lo em mais de uma ocasião. E que também não aceitou ver os amigos de infância, Delahaye e Perquin, testemunhos de uma vida que ele pretendia acabada.

Dizem que o tempo foi ruim, chuvoso e frio, naquele verão de 1891. Que mesmo em agosto as temperaturas se mantiveram baixas, e que o vento soprava em longos gemidos, batendo os postigos das casas, obrigando as árvores a um farfalhar angustiado. Dizem que, em breve, os gemidos de Rimbaud começaram a ecoar, dia e noite, e que só cessavam quando Isabelle vinha massagear-lhe o braço dolorido, e aplicar compressas quentes no coto, que latejava do corte até a virilha. Que sua febre voltou, e as dores no braço o impediam de se locomover. Para ajudá-lo, Isabelle ministrava-lhe láudano e beladona, e isso lhe provocava sonolência mesclada de vertigens e alucinações.

Dizem que as cartas que recebeu dos amigos distantes o alegraram: Tian, Felter, Righas, Sotiro, Savouré. Até Makonnen, o próprio governador do Harrar, escreveu uma linda carta do próprio punho. As lembranças de sua vida distante, as novas enviadas por seus amigos dispersos o distraíam um pouco de seus sofrimentos. Todos lamentavam sua doença e logo passavam a tratar de negócios que estavam esperando seu retorno.

Dizem que, vendo o tempo esfriar e sua saúde sem sinais de melhoras, Rimbaud resolveu voltar para Marselha, no dia 23 de agosto, um domingo, e de lá tomar um vapor que o levasse de volta a Áden, cidade pela qual ele confessara uma visceral repulsa, que chamara de cratera de vulcão, de caldeirão fervente, mas que agora lhe parecia um lugar melhor que Roche.

Dizem que foi uma viagem marcada pelo insucesso: atrasos, chuvas, frio e dores deixaram-no tão mal que, uma vez em Marselha, ao invés do desejado navio, foi preciso interná-lo de novo, no mesmo hospital de que saíra.

Dizem que ele ainda durou mais 78 dias. Sofrendo. Chorando. Mas ele se aferrou à vida e lutou, até o último instante. E, no pouco tempo que passaram juntos, ensinou à sua irmã mais do que qualquer outro jamais lhe ensinara.

CADERNO DE VIAGEM

Apronto-me para partir, em companhia de Arthur. Já fiz minha valise, e a dele. Deixei-o num sono agitado e febril. Deito-me e, incapaz de dormir, tomo de meu diário para anotar os pensamentos que me inquietam. Lá fora o vento lamenta-se em voz alta. Preocupo-me. O trem para Marselha passa às seis e meia da manhã. É cedo. Tenho que vestir meu irmão, vestir-me, arrumá-lo na carroça. Sozinha não conseguirei aprontar tudo a tempo. Preocupo-me também com o estado de saúde de meu irmão. Meu irmão. Repito, incansável, estas palavras, meu irmão. Eu não o conhecia, quase. Quando ele chegou na estação de Voncq, não reconheci seu rosto, nem sua voz. Não tinha lembranças definidas suas. Uma imagem desfocada de um jovem de cabelos longos, pela cintura, que fazia mamãe gritar. Um barco de papel que lentamente se desfez sobre as águas do rio, enquanto eu e minha irmã Vivi olhávamos, com medo de sujarmos nossas saias na lama das margens. Vivi me contava histórias dele e dizia que eu não devia mencionar seu nome na frente da mamãe, para não irritá-la. Ela me dizia que ele me colocava sobre sua perna direita e me fazia saltitar, como se estivesse a cavalo. Creio que me lembro do quanto eu ria, e como lhe pedia "mais, mais". Quando ele se foi, pela primeira vez, eu tinha apenas 10 anos. Sempre de partida, ou sempre chegando, é assim que me lembrava dele, alto, magro, de olhos muito azuis. O homem que se apresentou como meu irmão, em Voncq, nem parecia tão alto, pois estava encurvado sobre suas muletas. Essas muletas que me fizeram compreender que, sim, este é Arthur, esse estranho que nos tem escrito por todos esses anos, para quem envio livros de todos os assuntos: geografia, engenharia, agronomia e fotografia. A última vez que estive com ele foi há onze anos. Ele partia, para *traficar no desconhecido*. São palavras dele, que mamãe sempre repetia com uma pontinha de ironia. Sem um destino definido, sem outra coisa para seguir, a não ser as estrelas noturnas e o sol, essa incessante busca pelo sol, pela luz. Um pavor do frio. Como alguém com tanto pavor do frio pode ter nascido aqui nas Ardenas, terras úmidas e ventosas, onde o mau tempo parece residir? Em nossa propriedade, às vezes, julgo que existe mais lama do que terra, que vivo num pântano. As horas passam, escuto as pancadas do relógio avisando que a noite progride. Vamos sair de casa no meio da noite. Vai ser difícil atrelar a velha égua. Charmante, apesar dos bocados a mais de aveia que lhe dou sempre que posso, não vai gostar nada do serviço extra.

Julgo escutar ruídos em seu quarto. Mas creio que é apenas o vento, batendo algum galho de árvore contra o outro. Preciso descansar, pois a viagem será longa. E o estado de meu irmão me preocupa. Não lhe digo nada, para não desanimá-lo, mas seu braço direito está descarnado, fino, embora o ombro cresça e sua articulação se encontre cada vez mais presa. Vejo as veias que se desenham sob sua pele, e que pulsam. Vejo e calo. Mas como acreditar que este pobre ser, meio estonteado por analgésicos, incapaz de se movimentar sozinho, consiga partir para o Oriente? Sei que ele sofre com dores, que pioram a cada dia.

Posso ver como seu rosto se contrai, como seu apetite diminui, e como seu humor piora. Sinto pena. Gostaria de segurá-lo em meu colo, e niná-lo, como a uma criança. Sobretudo, gostaria de passar todos os meus serões escutando suas histórias, sua bela voz. Longas viagens, grandes aventuras, pessoas tão diferentes, com roupas e falas tão exóticas. Rio quando ele repete frases incompreensíveis. Até aprendi a dizer Allah kerrim!

Combinamos que eu o levarei até Marselha, que o acomodarei no vapor, depois de me certificar de que ele terá remédios suficientes para a travessia e os primeiros dias em seu destino. Antes mesmo de regressar para casa, enviarei mais alguns vidros com tintura de láudano e de átropo-beladona, mas Arthur me garante que isso não lhe será mais necessário uma vez que se encontre de novo num clima seco e quente. E que lá existem outros narcóticos, outros remédios. Arthur me assegura que tudo ficará bem. E eu acredito nele. Quero acreditar nele. Ele acredita em si mesmo, tem coragem para recomeçar. Ele é meu exemplo. É meu irmão. E agora, já são horas de partir.

XV

Dizem que Arthur e Isabelle tentaram sair de casa às três da madrugada. Mas tudo correu mal. Os trabalhadores demoraram a atrelar a carroça e, quando o conseguiram, a égua, teimosamente, se recusou a andar, talvez por falta de hábito de pôr-se a trabalhar tão cedo. Dizem que Arthur desesperava-se, irritava-se. O frio da noite o incomodava, a incompetência das pessoas, ao içarem-no para a charrete, magoava suas carnes, provocava-lhe novas dores. E ele tinha febre.

Dizem que Isabelle tentou acalmá-lo falando-lhe da vontade de Deus, e que talvez fosse melhor ele ficar entre os seus. Dizem que ele não respondeu, mas que olhou para ela com olhos tão profundamente tristes que os dela se encheram de lágrimas e ela mesma passou a apressar os colonos estremunhados e foi puxar a égua com suas próprias mãos, escorregando e desequilibrando-se no chão escorregadio, até que conseguiu colocar o animal em movimento. Dizem que Arthur tirou o próprio cinto para estalar no ar e fazer a égua andar mais depressa, mas os solavancos da carroça, passando pela estrada malcuidada, deixaram-no extenuado. Todos os esforços foram em vão. O trem partiu dois minutos antes que chegassem à estação. Dizem que o próximo trem só passaria dali a seis horas, mas, desencorajados, os irmãos pensaram em aguardar ali mesmo, para evitar refazer a viagem mais duas vezes. Dizem que a neblina gelada deixou-os tiritando e que os irmãos foram obrigados a voltar mais uma vez para casa.

Dizem que Isabelle despiu o irmão e acomodou-o outra vez no leito, dando-lhe uma tisana bem quente para aquecê-lo, com algumas gotas de láudano, para que ele dormisse. Ela mesma, exausta, também adormeceu, mas ainda vestida, envolta num xale.

Dizem que, às 9 horas, Arthur despertou e chamou, para partirem. Dizem que lhe avisaram que era cedo demais, mas ele não quis se arriscar e foi-se vestindo quase que sozinho, num esforço acrobático alimentado pela ansiedade.

Dizem que a mãe e a irmã lhe ofereceram uma refeição, mas ele recusou. Desejava partir, só pensava em partir. Dizem que a carroça chegou e que, de repente, sua agitação desapareceu e ele começou a chorar e que perguntou, através das lágrimas, se nunca encontraria uma pedra onde apoiar a cabeça, nem um pouso onde pudesse morrer em paz.

Dizem que, neste instante, o coração de sua mãe e de sua irmã foram tocados pelo desespero que sua voz transmitia, e que elas se abraçaram a ele, pedindo-lhe que ficasse, e jurando que cuidariam bem dele e que nunca mais o abandonariam.

Dizem que o som dos passos pesados dos criados que o vinham buscar tirou-o de seu transe, e ele afirmou que era preciso tentar se curar. E, desta vez, a charrete levou-o sem maiores problemas, mas foi preciso aguardar duas longas horas pela chegada do trem.

Dizem que, ao tomar o remédio de gosto detestável para acalmar sua dor e seu estado febril, surpreendeu os olhos dos criados, gulosos, pensando que ele estava tomando algum licor delicioso. Dizem que seu humor cáustico voltou, e que zombou não apenas dos empregados domésticos, mas também do pequeno jardim cultivado pelo chefe da estação: uma dália anêmica circundada de margaridas tristes, à sombra do castanheiro.

Dizem que o apito do trem, avisando sua chegada, provocou-lhe um sorriso, e que ele repetiu, ansioso, "depressa, depressa" até que o acomodaram da melhor forma possível e o trem, lentamente, seguiu seu caminho.

NO TREM

Qual das viagens que fiz teria sido a mais penosa? Foram tantas as viagens, tantos os caminhos percorridos. Trem, barco, carruagens, carroças, mas, sobretudo, a pé. Para Paris, para a Bélgica, para a Inglaterra, pelas terras do norte, pela Alemanha, através de caminhos na floresta, ou sempre subindo, atravessando os Alpes a pé. Marchando no frio ou no calor, comendo muito pouco, dormindo ao ar livre, em abrigos mais ou menos limpos. Hospedando-me em casas de amigos, alugando quartos infectos, ou passando dias em hotéis agradáveis, na companhia de Verlaine e de Germain Nouveau. Dormindo sobre aromáticos sacos de café, ou sobre fedidas peles mal curtidas. Passando noites amontoado em beliches abafados de navios, ou dormindo no convés de embarcações frágeis, em nenhuma situação anterior sofri tanto como nesta desconfortável viagem de trem.

Quis contar a Isabelle sobre as outras viagens, relembrar, por exemplo, a primeira vez que vi o mar. Os sacolejos do vagão, no entanto, me faziam mal. E a presença de estranhos me fazia estremecer, de medo que esbarrassem em mim e provocassem as dores atrozes que qualquer movimento podia provocar.

E eu tinha febre. Sentia meu corpo arrepiando-se com calafrios, e depois cobrir-se de suor, um suor que empastava meus cabelos e me deixava a pele gelada como a de um cadáver. O trem que conseguimos tomar não era direto. Foi preciso fazer baldeação em Amagne, e eu via o olhar ansioso de minha irmã, sua preocupação. Vinte minutos. Isabelle estava pálida, com olheiras, cansada, mas em nenhum momento desanimou. Conseguiu ajuda para fazer meu translado de um trem para outro, e me acomodou o melhor possível. Há um mês, quando estava vindo para cá, a situação tinha sido muito menos difícil. O mesmo procedimento, a mesma cadeira de rodas, talvez até os mesmos funcionários, mas meu corpo estava tomado por novas dores. Sobretudo o meu pedaço de coxa e minha espádua direita. Seguro o toco com as duas mãos e repito: Como sofro! Como sofro! Depois me calo, e embora não consiga segurar as lágrimas de dor, pergunto a minha irmã se ela está bem. Peço-lhe que descanse um pouco, que se alimente. Finalmente, é hora de subir no novo trem. Sinto-me tão fraco! O chefe de estação vem comandar os carregadores, advertindo-os para que sejam cuidadosos. Suplico-lhes para irem devagar, mas não consigo reprimir as exclamações dolorosas, pois é um verdadeiro suplício a manobra. Sento-me; Isabelle acomoda meu braço direito sobre minha valise, e suspendo meu cotovelo esquerdo, apoiando-o no caixilho da janela, para conseguir uma posição que me permita suportar melhor os movimentos contínuos do trem.

Creio que vou ter que cortar o resto desta perna. Alguma coisa doente deve ter restado aqui dentro, estou sofrendo demais!

Isabelle, no entanto, garante-me que o aspecto do toco é normal, que as dores devem ser provocadas por nevralgias e reumatismo. Como desejo curar-me, acredito no que ela me diz. E acabo por relaxar.

Numa das estações, acomodou-se em nosso compartimento um casal em lua de mel. Um casal feio, ele baixo e deselegante, vestindo um paletó apertado demais para sua corpulência. Ela com a pele manchada pelo sol, cabelos vermelhos e provavelmente com dentes estragados, pois cobria a boca para rir. Lembrei-me da viúva italiana que tinha me acolhido em Milão. Em sua mansarda, quase em frente à Catedral, eu a observava enquanto tirava a roupa e, com trejeitos, fazia sua toalete, esfregando uma toalha úmida nos seios fartos, lavando ombros, pescoço e braços com movimentos fortes, até que sua pele se avermelhava. Seus cabelos eram claros, ondulados. Suas coxas eram grossas, as pernas curtas, mas bem torneadas, e tinha um jeito de sentar-se sobre uma delas, que dava a impressão que ela só tinha uma perna. Contei-lhe que tinha sido poeta, e ela me pedia versos. Dizia-me que seu nome era Beatrice, mas eu sabia que não era. Ornella, era o que estava escrito na certidão de casamento, que ela guardava dobrada na gaveta da cômoda. Todas as noites ela me pedia versos, e eu lhe recitava coisas tolas, que compunha em italiano. Ela me oferecia papel e tinta, mas nunca escrevi nem sequer uma palavra para ela. Nem mesmo "Addio", no dia em que resolvi partir.

Sinto que deliro, pois os olhos de minha irmã estão espantados, me fixando com atenção. Uma outra estação e agora entra um casal com dois filhos pequenos, Isabella se concentra em evitar que as crianças se aproximem de mim. Em breve os pequenos adormecem e eu me sinto divagar, pensando em Djami. Tão jovem. Tão confiante. Seus olhos cheios de lágrimas, ao me verem partir. Sua silhueta esguia, levantando bem alto o filho recém-nascido, se despedindo. Ele tinha ido trabalhar para Pietro Felter, um italiano que conheci no Harrar, com certeza para não morrer de fome. Chamo seu nome, Djami, mas quem toca minha face com dedos enregelados é Isabelle. Olho para o rosto de minha irmã, que acabou de fazer 31 anos. Seu colorido começa a se apagar, os cabelos claros repartidos no meio, puxados num coque, a boca já vergando-se para o chão, seus ombros miúdos. Ela é uma mulher alta e forte, mas conserva sua feminilidade. Até seria bonita, com seus olhos muito azuis e expressão calma, se não fosse tão maltratada. As mãos habituadas a trabalhos duros, os pés calçados em botinas limpas e sensatas. Os peitos fartos, disfarçados na blusa ampla e limpíssima. Ela tem nas mãos um livro, e esforça-se para ler, mas distrai-se pois se preocupa comigo, quer me ajudar. Mergulho num torpor, mas escuto a voz das crianças, que riem e brincam. Os casais conversam. As estações se sucedem e sempre que abro os olhos vejo grupos de gente com seus trajes domingueiros, rostos sorridentes, brilhando sob o sol de agosto.

    Isabelle me acomoda. Seus cuidados ora me enchem de gratidão e alegria, ora me exasperam. As dores são violentas, minha imobilidade é cada vez maior, o desespero me irrita. E me torna indiferente à paisagem que se desenrola festiva a meu redor. Pelas janelas abertas das casas, escutamos risadas e música. Atravessamos um rio, coalhado de embarcações, com suas pequeninas velas brancas, deslizando alegremente. Mulheres vestidas com roupas claras e vaporosas se protegem do sol com as sombrinhas rendadas abertas. Há vida por toda a parte, mas eu me sinto habitado pela morte. Reajo. Abro os olhos, vejo a festa da vida, abro um sorriso, mas, por mais que me esforce, não consigo me interessar, e me deixo ficar, insensível de tanto sofrer, neste vagão sufocante.

AINDA UMA VEZ, PARIS

Seis e meia. Olho para o relógio na plataforma cheia de gente, sombria. Isabelle toma providências para minha descida do trem, e eu divago, pensando se, afinal, este omphale sagrado, o umbigo do mundo moderno, não seria meu destino, afinal. Com certeza, há de haver um bom hospital, aqui em Paris. Bons médicos que me tratem e me deem esperança de uma vida mais suave.

Esta é a Gare de l'Est. A oriente, a estação onde deveria nascer um novo sol, uma nova vida. Saltamos e a imensidão do edifício me deixa estonteado. Ruídos, pedaços de conversa, gritos e cheiros. Tudo me é estranho, tudo me é hostil. Sou colocado numa cadeira de rodas, empurram-me para a saída e lá fora o dia está escuro e o céu, sombrio. Um fiacre para, finalmente, e sou colocado lá dentro.

Eu sofro. A cada segundo, eu sofro. Meu corpo se retesa em dores, minha garganta arde de tanto se esforçar para represar os gritos que, ocasionalmente, me escapam. Os cavalos trotam, e o veículo sacode pelo calçamento de pedra. As ruas estão desertas. Domingo à noite. A escuridão aumenta e, de repente, cai a chuva, pesada, uma chuva de verão, forte. As poucas pessoas que ainda estavam na rua se escondem. Os lampiões dão um brilho lúgubre às ruas. Passamos pelos grandes bulevares vazios; pelas lojas fechadas que dão a impressão de estarmos numa cidade-fantasma. Sou tomado pelas lembranças, julgo ver o rosto de seres do meu passado, estremeço. O fiacre sacode, a chuva aumenta de intensidade e desisto, para sempre, de Paris. Digo ao cocheiro que me leve para a estação, onde tomarei o trem para Marselha. Mas mantenho meus olhos presos à janela, tentando rever alguma cena que resgate meu passado e meus sonhos.

    Tento me acomodar o melhor que posso nos assentos de veludo vermelho da sala de espera. O expresso noturno partirá por volta de onze horas. Isabelle reservou um compartimento com leito. Julgamos que assim terei mais conforto. Vejo um oficial, todo engalanado, marchando impaciente pela plataforma, e me lembro de meu pai. Um, dois, feijão com arroz!, eu costumava brincar de soldado, com um chapéu de papel e uma espada feita de um galho de árvore. Começo a rir, minha irmã quer rir, também, mas não consigo explicar-lhe o motivo de minha hilaridade. Apenas aponto para o oficial, que, distante, não pode ouvir minhas risadas convulsas. Isabelle acaba me acompanhando no riso. Depois, percebendo que estou tomado pelas dores, e lembrando-se de que ainda estou em jejum, ela se afasta, procura algo para me oferecer. Tomo o remédio com avidez, mas a comida me repugna. Estou cansado demais. Sinto minha mente se nublando, as luzes escurecendo. Quando dou por mim, estou deitado no meu leito e tenho febre. O trem parte. Ao meu lado viaja, meio agachada, meio recostada, minha irmã. Vejo em seus olhos os sinais de cansaço. Mas percebo traços de alarme e piedade. Toda a noite, sacudido e sem conforto, sou tomado por paroxismos de dor. Tudo se torna superlativo. Finalmente, quando chegamos em Lyon, com o nascer do sol, escapo do sofrimento para o país dos sonhos. Infelizmente, este é vizinho do país dos pesadelos e acordo banhado em suores. O calor é enorme. Não há espaço para nos acomodarmos melhor. Estamos outra vez no inferno, numa prisão infernal que se desloca constantemente para o sul. Vemos Arles se aproximar e desaparecer. Passamos por La Camargue. Finalmente, Marselha. Ansioso, peço para me levarem para o hospital. Lá hão de me curar. Cortarão o restante da perna, me darão os remédios na dosagem certa e minha perna articulada chegará. Serei capaz de andar outra vez. Talvez demore seis meses. Talvez leve mais tempo, um ano inteiro. Mas vou me tratar, desta vez. Farei todo o necessário e sairei curado do Hospital da Conceição. E, como começo uma vida nova, inscrevo-me sob o nome Jean Rimbaud. É com alegria que revejo as paredes de meu quarto de hospital.

EM ÍTACA (SEGUNDA TENTATIVA)

Depois de tudo perdido, com todas as apostas feitas e após todas as cartas jogadas, o pobre herói naufraga e perde até a identidade. É preciso recuperá-la e essa é nossa tarefa. Nós, os que nunca partimos, oferecemos ao viajante uma plateia. Precisamos oferecer a ocasião da narrativa e tramar o reconhecimento.

Para isso ele partiu, tantas vezes: para voltar até nós e recriar-se nas palavras. Para isso ele partiu: para narrar-se.

E, no entanto, a voz, a sua voz, se calou. Como poderemos, então, preencher a figura vazia? Qual o momento em que, cansados, mas ainda esperançosos, nos curvaremos a seus pés, com rituais antigos de acolhida, para enfim reconhecer a cicatriz marcando sua figura vazia?

Lentos, solenes, hieráticos como sacerdotes, puxamos o fio e tramamos. De cada prematura palavra escrita, de cada verso, de cada grito, retiramos os contornos e puxamos o fio até esticá-lo, torcê-lo num sentido que resgate sua existência. Fazer isso é essencial, mas é também nosso golpe mortal. Criamos nossa teia, bordamos sua vida e o matamos, pois, uma vez terminada a trama, o homem perde sua importância, se dissolve na viagem de volta.

Ele partiu para regressar, sem saber que era essa viagem a que o criaria. Ele regressou para morrer, sem saber que o abrigo, o ponto de origem é também o fim, o abismo.

Alfa e ômega, Ítaca. Lá. Aqui.

Apressado, contou seu final, antes mesmo de começar seu périplo. Ah, o poeta não sabia que os deuses têm ciúme de seus dons? Cantar sem viver equivale a uma condenação eterna, atroz, feroz! Apolo cospe na boca que o aclama, e seus versos ficam ecoando no vácuo. Ouvidos humanos não perceberão seu valor. Será necessário que o tempo passe, que nós, aqui (lá) em Ítaca, o resgatemos para que sua canção desça da mais alta torre e passeie pela praia de nosso desespero.

Lentos e solenes, em pé, na praia. Na segura imobilidade de quem vive em Ítaca. Ou agachados e mesquinhos, também em Ítaca, pretendentes, cobiçosos, ansiando o lugar sagrado. Olhamos o horizonte onde ele desapareceu e com essa linha única recriamos a viagem sempre longe de nosso alcance.

O poeta chega, um dia? Sua viagem o aprisiona? Ele desce aos infernos? Habita o paraíso? Ele trapaceia? Rouba? Luta? Perde todas as batalhas? Ganha todos os louros? Rememora? Chora? Que importa?

O poeta viaja. Ele parte, mesmo sabendo que não existe partida. Ele se evade. Regressa. Na linha impura do horizonte ele cresce.

Ei-lo.

No barco ébrio ele se balança, para sempre livre, e já condenado. Apolo o incendeia. Dioniso o inebria. Hermes o coloca em eterno movimento. E sua voz desaparece. Seu silêncio ressalta o que já foi dito. É no silêncio imposto que as palavras passam a brilhar, numa constelação em eterna mutação.

Lá, em Ítaca, aqui, em Ítaca, solenes julgamos compreendê-lo, mas ele se evade ainda uma vez. Deixa-nos as palavras que lemos, interpretamos, consultamos como oráculos.

Sacerdotes abandonados por seu deus, imóveis, repetimos, em uníssono, a lição: "é falso dizer: eu penso; deveria dizer: pensam-me."

EPÍSTOLA DE ISABELLE AOS FRANCESES

Irmãos! Todos vocês, que conheceram o pobre Arthur, estavam enganados. Nada do que escrevem, falando de seus costumes dissolutos, pode ser verdade. Apenas eu, sua irmã Isabelle, sua companheira nos quatro últimos meses de seu martírio sobre a terra, sei bem quem era esse ser superior, um ser nobre, justo e bom. Um ser excepcional. Um verdadeiro santo!

Fui testemunha de sua conversão. Fui aquela que segurou sua mão em sua agonia, e vi sua expressão de beatitude, adquirida após a conversão. Se ele se acreditava no inferno, sendo castigado por todos os milhares de demônios imbuídos de sanha assassina e violenta, após a sua confissão alcançou o purgatório e, compreendendo que o sofrimento o purificava, não mais reclamou de suas dores e bendisse a Deus que lhas enviou para que, uma vez morto, ele ascendesse diretamente aos céus, transportado pelos anjos que escutavam suas belas palavras!

Irmãos! Que enfim ecoem seus versos perfeitos e que todos possam conhecer e compreender a bem-aventurança obtida através do mais atroz sofrimento. Meu irmão Arthur era um puro, um inocente. Ele foi conspurcado, arrastado na lama, vilipendiado e caluniado por aqueles que, sem sua grandeza d'alma, não podiam compreender sua atitude tão altruísta e desligada das maquinações humanas.

Que grande homem! Que imenso poeta! Que extraordinário mártir! Que enormíssimo santo entre os santos! Em seu altar me prostro e me declaro sua mais fiel acólita. Hei de empenhar-me para que todos conheçam o grande poeta e impoluto santo que ele verdadeiramente foi.

Escrevo a todos os padres, ao papa, aos jornais e críticos literários e a todos os franceses. Clamo, ainda uma outra vez: Santo, Santo, Santo é o Arthur filho das Ardenas, que enfrentou todos os martírios e ultrapassou todos os obstáculos até que, ferido pela flecha do amor divino, sucumbiu, mas subiu aos céus, envolto no manto divino de Cristo, Nosso Senhor e Nosso Pai!

Amém.

XVI

Dizem que seus últimos dias foram passados rememorando sua vida. Entre as dores que o crucificavam e matavam lentamente, ele encontrava forças para ir rememorando sua travessia àquela irmã, cujos olhos, lavados de lágrimas, cada dia ficavam mais azuis.

Dizem que ele lhe contou sobre o sol do Harrar, e lhe desvendou os segredos do deserto. Dizem que lhe falou sobre o céu, denso, coalhado de estrelas, um céu muito mais enfeitado que os que descortinavam na França. Nas suas longas conversas, ele lhe contou das tribos etíopes, de seus cabelos escuros e crespíssimos, de suas religiões e suas crenças. Dizem que a conduziu, numa espécie de tapete mágico tecido com palavras, pelas regiões desconhecidas do Choa, onde nenhum europeu, antes dele, havia passado. E também dizem que foi através de suas palavras que ela ficou conhecendo as aves estranhas como os avestruzes de longos pescoços e olhos redondos e brilhantes, carregando os leques da mais bela pluma em seus traseiros e botando ovos tão grandes que um único bastava para alimentar uma família.

Dizem que Isabelle se debruçava sobre o leito do moribundo e escutava suas palavras. Na sua simplicidade, nunca tinha escutado uma narrativa tão bela e tão intensa. Nos quatro meses que passaram juntos, ela confessou, Arthur lhe ensinou muito mais que todas as outras pessoas com quem convivera por 31 anos.

Dizem que, escutando-o, ela ficou conhecendo o mundo. Ele transportou-a para as margens do Mar Vermelho e revelou-lhe suas verdadeiras cores. Falou-lhe dos peixes alados, que voavam ao lado das embarcações e maravilhavam a todos os que os olhavam em seu voo. Contou-lhe as lendas que aprendera nos países longínquos, e dos mitos e deuses que ficara conhecendo. Dizem que ele lhe revelou os segredos dos grandes animais, que descreveu-lhe o olhar triste dos camelos, e seus lamentos na noite. Dizem que imitou o som das hienas que invadiam as ruas do Harrar para alimentarem-se dos restos dos animais mortos, cujas peles eles retiravam para curti-las. Dizem que falou-lhe do estranho ulular das mulheres e que recitou em voz alta alguns versículos do Corão, que havia aprendido de cor de tanto escutar os chamados dos imãs.

Dizem que, escutando-o, ela ficou conhecendo a si mesma. E que foi relembrando as cenas e os fatos do passado, que tinham ficado por tanto tempo calados. Dizem que ela lembrou-se como tinha sido o dia da primeira partida de Arthur. Ela ainda era uma criança, mas era tempo de guerra, e havia gente por toda a parte nas ruas de Charleville. Dizem que ela rememorou as canções marciais que o povo cantava, num coral tão belo como nunca mais havia escutado. Todos falavam da guerra e das terríveis derrotas frente aos prussianos. Havia um clima de medo, aliado a um arrepio patriótico. E, de repente, um vazio, o horror da descoberta de que Arthur, que também era pouco mais que uma criança, um mero adolescente ainda mudando a voz, havia partido. Dizem que ela contou como lera cada uma das cartas que ele enviara para casa, e sonhara com o caldeirão fervente de Áden ou com as neves da passagem do São Gothardo, nos Alpes.

Mas também dizem que ela nunca chegou a conhecer melhor seu irmão. Dizem que ela via nele os traços que lhes eram comuns, reconhecia a cor do olhar, uma curva do queixo, um modo de sorrir, um muxoxo. E que fez questão de esquecer as revelações que ele lhe fez dos seus anos loucos em Paris, em Bruxelas e em Londres. Que fez questão de relembrar apenas os sacrifícios que ele passou a fazer, e a transformação de um ser dissoluto, naquele que ela chamou de "um ser superior", "um gênio", "um mártir".

Dizem que ele ria, e sacudia a cabeça, quando ela lhe dizia essas palavras em voz alta, e que sempre retrucava com algum episódio de sua vida dissoluta. Mas dizem que um dia, exausto, ele lhe perguntou: "Tens fé?" e que ela fez que sim com a cabeça, e tomou-lhe as mãos e repetiu com fervor: "Tenho fé, sim, tenho fé!" Dizem que ele lhe respondeu: "Temos o mesmo sangue, somos irmãos, quem sabe eu também tenho fé?" E, naquela mesma tarde, recebeu a visita do abade Charlier, com quem conversou longamente.

Dizem que Isabelle se consolou acreditando que o irmão tinha se convertido e que morreria na paz de Deus. Ela escreveu para a mãe, e depois contou a todos os amigos, escreveu aos padres do Harrar, e espalhou a notícia por toda a parte. O provável é que essa conversão foi mais importante para ela que para ele. Devorado de febre, cansado de lutar contra as dores e sentindo-se cada vez mais fraco e anêmico, já não lhe fazia mais diferença. Deus, na hora da morte, é a abstração que nos liberta de nossa concretude. Nunca somos tão conscientes de nosso ser material como quando estamos doentes. Nossos pensamentos se encontram presos às dores, às fraquezas, às misérias e à nossa incapacidade. Falar do espírito, supor que poderemos seguir dizendo "eu" sem estarmos nos referindo às aflições que sentimos, é uma espécie de libertação. Renunciar à carne, quando sabemos que ela já se encontra quase morta, quase inútil, é a nossa tentativa de reassumir o controle da vida.

Dizem que só saberemos a verdade quando estivermos em nosso próprio leito de morte.

A TERCEIRA MARGEM

Isabelle talvez nunca tenha compreendido a minha partida e o meu silêncio. Eu mesmo não me considero lúcido o bastante para entender todo o valor simbólico de minha renúncia. A única coisa que sei é que um dia fui vidente, que a máquina do mundo me revelou suas engrenagens e que, por um instante, compreendi. Agi de acordo com essa compreensão. Calei-me. Abandonei a poesia. Renunciei a viver aquilo que conheci e reinventei o mundo. Reinventei a mim mesmo.

Por anos a fio fiz força contra a corrente da vida e quis provar que "eu" era uma abstração, que nada era definitivo, a não ser a Poesia. Eu, pronome relativo a outro, que só é porque não é, já que é outro. A febre me confunde, mas sei que estou certo. Compreendo. Expliquei isso ao mundo, através do poema, revelei o fogo e fui punido. Aqui estou, acorrentado e imobilizado. As correntes que me subjugam, eu mesmo as fabriquei. O abutre que me despedaça lentamente é parte de mim, é o eu que é o outro. É preciso mostrar, nesta morte lenta e dolorosa, o sabor horrível do conhecimento. Conhecer é morrer, é saber-se derrotado, é voltar ao útero que nos gera e nos condena.

Isabelle, a pobre irmã que me cuida com desvelos amorosos e confusos de mulher sem homem, que espreita no meu corpo os mistérios que sua carne não conhece e pelos quais anseia, ela há de lembrar de minhas lágrimas e de minhas dores. Na verdade, elas devem ser lembradas. Mas não apenas as lágrimas. Há que lembrar o riso. Há que lembrar a afronta. Há que lembrar a mansidão. Há que lembrar a violência. Há que lembrar a doçura. Há que lembrar a prisão. Há que lembrar a liberdade.

Não é tarefa fácil acompanhar alguém que está condenado. Para mim, é extremamente penosa a vida. Mas essa vida, por mais penosa e miserável, me é cara. Luto. Desenvolvo todas as estratégias. Creio na ciência e, quando me desespero dela, creio em Deus. Creio nas mentiras que me dizem e creio na verdade que suspeito. Reinvento o amanhã. Ofereço aquilo que não consigo realizar, e me imolo.

Sou inconsequente, mas aceito todas as consequências. Serei quando não mais for. E foram as minhas derrotas que fizeram de mim o vencedor do tempo e do espaço. E será com a minha voz que o mundo cantará a juventude e a vida, a rebelião e a marginalidade.

Apiedo-me de mim, que parto entre dores. Nascer e morrer, sofrimento, nada mais que sofrimento. Talvez ainda haja uma esperança. Serei aquele que levará, até a morte, a chama da esperança bem acesa. Chamo Djami, mas é Isabelle quem me responde. Dito uma carta. Ao diretor das Messageries Maritimes.

Deliro, ou seria Isabelle incapaz de compreender minhas palavras?

Faço uma lista de mercadorias. Quatro diferentes lotes. Para quem? Para quê? Divido. Reparto. Pergunto. Desejo. Mudo. Não sei. Não encontro. Infeliz. Paralisado. "Diga-me a que horas devo ser transportado a bordo..."

TERAPIAS

Faz quase um mês que os irmãos chegaram, esgotados, ao hospital em Marselha. Os médicos logo se apressaram a revelar a Isabelle que seu irmão estava à morte. Mas, ao doente, sorriam e davam esperanças.

"Isso é assim mesmo. Não, não será preciso amputar mais nada. Essas dores são decorrência de: (a) cirurgia; (b) reumatismo; (c) nevralgia; (d) umidade; (e) todas as respostas acima. Sua magreza é decorrência de: (a) constituição; (b) falta de apetite; (c) obstinação; (d) náusea; (e) todas as respostas acima. A paralisia é decorrência de: (a) falta de uso dos membros; (b) reumatismo; (c) falta de estímulo muscular; (d) uma combinação de (a) e (c); (e) uma combinação de (b) e (a).

"Prescrevemos para as dores: (a) láudano; (b) átropo-beladona; (c) morfina; (d) láudano e beladona; (e) mais morfina.

"Prescrevemos para a magreza: (a) comer; (b) beber; (c) comer e beber.

"Prescrevemos para a paralisia: (a) massagens; (b) compressas; (c) estímulos elétricos; (d) exercícios; (e) todas as respostas acima.

"Prescrevemos para a febre e para o estado geral de fraqueza e desânimo: (a) paciência; (b) resignação; (c) calma; (d) repouso; (e) todas as respostas acima."

Incapazes de mitigar o sofrimento do paciente, os médicos e os enfermeiros se aproveitam da boa vontade da irmã. Ela passa as pomadas e os linimentos. Ela administra os estímulos elétricos, oferece as tisanas. Ela massageia. Ela exercita. Ela escuta suas queixas e observa seu estado se deteriorando a cada dia. Ela constata sua magreza. Percebe sua humilhação e seus esforços. Ela descobre a chaga, que se abre por cima da cicatriz, e cresce, dia após dia, caminhando para o quadril e para o umbigo.

Desesperada, escreve para a mãe: "Ainda que te pareça bastante indiferente, devo dizer-te que Arthur está bem doente." Vitalie Cuif não se comove. Não lhe importa saber que seu filho, na opinião dos médicos, é um pobre rapaz sem esperanças de melhoras, que sua morte é uma questão de tempo. Não lhe comove a informação de que a moléstia, segundo dizem os médicos, é a "propagação pela medula dos ossos da afecção cancerosa que determinou a amputação da perna".

Mais coração tem o médico, Dr. Trastoul (um velho de cabelos brancos, informa a jovem, com medo de que sua mãe a acuse de motivos escusos), que fala que seria cruel abandoná-lo no estado em que se encontra.

Os olhos atentos de Isabelle, neste primeiro mês, percebem sua grande magreza, contemplam o rosto abatido onde se destacam os olhos fundos e arroxeados, assistem o sono sobressaltado do irmão e veem-no despertar de pesadelos pavorosos, com o corpo inteiramente rígido e percebem que ele sua noite e dia, tanto no frio quanto no calor, e que cada vez come menos, embora se esforce.

Sabendo de sua condenação, ela se aflige ao vê-lo, enganado pelos médicos, aferrar-se à vida na esperança de sarar: "Anseia tanto por viver e curar-se, que se submeteria a qualquer tratamento, por mais penoso que fosse."

Condenado à morte, mas ignorando sua sentença, ele pede aos gritos que a irmã não o abandone. E ameaça Isabelle dizendo que, se ela se for, ele irá se asfixiar ou se suicidar, de alguma maneira.

Isabelle, sozinha, sem sequer uma palavra da mãe, se sente adoecer. Ao mesmo tempo, encontra, no proposto tratamento por eletricidade, uma razão para renovar sua esperança, mas esta é de muito pouca duração. De um dia para outro a situação do doente piora. Ele continua a enfraquecer e começa a desistir de viver.

No dia 5 de outubro de 1891, Isabelle informa à sua mãe que já há oito dias que a cama do irmão não é feita: ele não suporta ser transportado para a poltrona enquanto trocam os lençóis. O braço direito de Arthur começa a inchar, seu braço esquerdo, quase totalmente inerte, definhou e ele queixa-se de dores pelo corpo todo. Desenvolveu uma série de manias. Não suporta cobertas, protege com algodão o braço direito, que está totalmente paralisado. O esquerdo, ele exige que seja envolvido em flanela. Reclama da posição do coto e da cabeça. Sua perna esquerda está sempre fria e trêmula, tem crises de taquicardia e seu olho esquerdo está meio fechado.

Só podemos imaginar o quanto Isabelle se esforça para agradar ao irmão, e quanto ressentimento ela vai acumulando face à indiferença da mãe. Ela escreve dizendo que os médicos o entregaram às suas mãos. Até o tratamento elétrico fica por conta dela, mas duvida de que seus esforços resultem em alguma coisa. Para ver se consegue alguma reação da mãe, Isabelle fala em dinheiro. É a mesma estratégia já usada por Arthur, que provocara a primeira vinda da mãe. Isabelle consegue permissão para continuar velando o doente, para evitar "perder seu dinheiro sem remissão".

No final do mês de outubro, Isabelle escreve de novo para casa, e informa: "Não é mais um pobre infeliz condenado que vai morrer ao meu lado: é um justo, um santo, um mártir, um eleito!"

Ela constata que a morte se aproxima rapidamente ("a passos largos", é o que diz, numa inconsciente mas irônica alusão à imobilidade de seu irmão). Já há alguns dias o tumor canceroso se manifestou, enorme, entre o quadril e o ventre. Arthur não viu o "tumor mortal", mas os médicos, talvez uns dez, vieram e todos emudeceram diante da chaga, que, apesar de seu aspecto terrível, parou de incomodar o enfermo. Suas queixas agora são de dores de cabeça e no braço esquerdo. Arthur, porém, está mergulhado numa espécie de sono letárgico durante a maior parte do dia, e, à noite, aplicam-lhe injeções de morfina.

Quando acorda, ele passa os dias restantes numa espécie de narrativa de sonhos, falando de maneira tão encantadora que a irmã se deixa fascinar, sabendo que é um discurso consciente, absolutamente belo, estranho. A enfermeira, em suas saias engomadas e sua eficiência prática, supõe que ele esteja delirando, e Arthur se ofende.

"Acham que estou doido!" Mas não, Isabelle sabe que está frente a um "ser imaterial", cujos pensamentos escapam a contragosto. Os médicos, quando indagados sobre o assunto, respondem que "é singular", e com isso revelam sua perplexidade, sua falta de compreensão. E, incapazes de auxiliar, pouco a pouco deixam de vir ao quarto do moribundo.

Isabelle aceita ser chamada de Djami. Compreende que ele, usando esse nome longínquo e sonoro, está lhe fazendo um elogio, uma espécie de carinho. Arthur faz reviver o Harrar, misturando tudo com arte. E Isabelle embarca nesse tapete mágico tecido com as belas palavras do irmão e se deixa transportar ao mundo de sonhos e beleza. Quando desembarca, é para lamentar a visão do homem magro como um esqueleto, de tez cadavérica, que já não suporta mais nenhum alimento e que jaz com todos os seus membros mortos a seu redor. Uma visão de dor!

E, revoltada, avisa à mãe que ela não deve contar com o dinheiro dele após sua morte. Feitas as contas, o que sobrar passará a terceiros. E ela, Isabelle, está inteiramente decidida a respeitar a vontade do irmão. Inflexível, procura traços do rapaz, mas Djami, fiel até à morte, morre no Harrar, mais ou menos na mesma época que seu patrão, provavelmente de tuberculose ou mesmo de fome.

DESPEDIDAS

Enquanto seu irmão dorme de olhos abertos, Isabelle escreve suas "garatujas", para mandar à mãe. Descreve sua rotina diária no hospital, desde sua chegada ao quarto do doente, às sete da manhã, encontrando-o adormecido, com a respiração curta, os olhos fundos e cercados de olheiras escuras. Cinco minutos depois ele acorda e relata a noite horrível, mesclando realidade e pesadelo. Mas antes, delicadamente, ele lhe pergunta como ela está, se passou bem a noite, se conseguiu repousar. E lhe deseja um bom dia, afetuosamente. É desses gestos de carinho e civilidade que Isabelle se lembra quando, irritado porque ela não acredita nas coisas que ele lhe conta sobre os enfermeiros e vigias noturnos, ele a chama de imbecil e ignorante.

Isabelle se ocupa em fazer a cama de Arthur, mas a tarefa é quase impossível. Ele não suporta mais ser movido de um lado para outro. Meia hora mais tarde, a freira no serviço da manhã vem trazer uma xícara de café puro para o doente e chamar a jovem para a missa. Como ainda não conseguiu fazer a cama, Isabelle agradece e avisa que irá à missa mais tarde, às nove horas. Ajuda seu irmão a tomar o café. Depois faz as massagens, com óleos, álcool, bálsamos e linimentos, tudo o que se acha disponível para uso externo na farmácia do hospital e está arrumado sobre a cômoda, para oferecer às consciências dos cuidadores um apaziguamento pela ineficácia do tratamento.

Quando chega a garrafa de leite, o doente se força a tomá-la toda, pois acredita que o leite ajudará em sua prisão de ventre e, sobretudo, em sua retenção de urina. Isabelle teme que a doença esteja paralisando os órgãos internos, pouco a pouco.

A máquina de estimulação elétrica chega às oito e quinze. Inicialmente, é o técnico que aplica os choques no braço direito, e, com isso, sua mão se move uma ou duas vezes. Arthur, tudo o que sente, é um grande calor no braço e dores mais vivas. Depois que o técnico se vai, Isabelle, antes de sair para a missa na capela do hospital, faz mais uma tentativa de acomodá-lo ao leito, e, sem sucesso, assiste a seus esforços para usar o urinol.

Quando a missa termina, volta rápido para o quarto e bebe o leite quente que a boa freira deixou sobre a cômoda para ela. O irmão sofre e ela se lembra de que todos à sua volta lhe dizem que ele estaria melhor morto que no meio de tanto sofrimento. E, no entanto, ele se aferra em viver. Às onze horas chega o seu almoço. Eles trazem tudo aquilo de que ele gosta, esforçam-se com sopas, omeletes, todos os seus pratos preferidos. A comida, na verdade, é muito saborosa, mas o doente acha tudo detestável, não consegue comer. Agitado, é preciso constantemente ajeitar sua cama, esticar seus lençóis, acomodar seus travesseiros. Cabe a Isabelle fazer tudo, pois ele não suporta nem sequer a visão dos enfermeiros e dos vigias. Chega a pedir-lhe que raspe sua cabeça, para que ninguém mais o toque.

Meio-dia e meia. O servente passa, distribuindo o correio, mas nada chega para os irmãos. Isabelle vai almoçar, sentindo-se abandonada, tão longe de casa, tendo que tratar de um irmão doente terminal, sem esperanças. Ela adoece de verdade, uma gripe lhe dá febre e tosse, mas ela continua cuidando do irmão.

Quando recebe cartas se alegra, e lê as suas antes de entrar no quarto, para não mostrá-la primeiro ao irmão. Muitas vezes, ao estender o envelope das cartas dirigidas a ele, admira-se com sua recusa em abri-las.

Durante a tarde, Isabelle se vê obrigada a evitar que o irmão "cometa bobagens", que ela não revela quais sejam. Quase totalmente paralisado, é possível supor que não seja tão difícil impedi-lo... Mas ele tem uma ideia fixa, partir para um clima quente, seja para Algéria, para Obock ou até mesmo Áden.

Algumas vezes Arthur se mostra muito bom e meigo. Agradece os cuidados da irmã, chama-a de seu anjo bom, de seu único apoio. Pede-lhe que prometa ficar com ele até a hora de sua morte e de cuidar de realizar seus últimos desejos. Diz-lhe que o que o salva é sua alegria. Que ele não poderia viver se não fosse pelo seu constante bom humor e alegria. Isabelle sabe bem o quanto lhe custa parecer alegre e bem-humorada, mas é generosa. Aprendeu a apreciar aquele irmão, que lhe tinha sido descrito com tintas tão sombrias, pela mãe, mas que agora se mostra, nos poucos bons momentos, cada vez mais raros, um ser solar, encantador.

Isabelle acompanha, com piedade, o caso de dois outros pacientes paralisados, internados ali no hospital. Sem ter quem lhes cuide, os dois sofrem nas mãos dos enfermeiros e ela escuta seus gritos. Não se permite acreditar nos delírios do irmão, mas percebe que, se ela se for, ele será tratado com o mesmo descaso que os outros pacientes.

Enquanto Isabelle escreve suas "garatujas", Arthur está prostrado. A irmã diz que não se trata de sono, mas de um estado de extrema fraqueza. Quando desperta, vê pela janela o sol, que brilha num céu azul sem nuvens, e isso lhe provoca o choro. "Vou para debaixo da terra e você andará sob o sol", reclama ele, desesperado.

Às quatro e meia é a hora do jantar, e ele mal toca nos alimentos. Mas exige que Isabelle coma sua sobremesa, o que ela faz, para que o irmão não se zangue. Logo é a hora da visita dos médicos e Arthur escuta seus encorajamentos, sobretudo as palavras do mais jovem, que lhe demonstra muita simpatia. Isabelle volta-se de costas, para não revelar seu rosto cheio de descrença e de desgosto com a hipocrisia dos médicos que ainda aparecem no quarto.

Quando saem, é preciso acender a vela, pois a noite cai cedo no quarto, sombreado pelas grandes arcadas de pedra do hospital. Ainda são cinco e meia e o serão se passa em massagens, em trocas de roupa de cama. Arthur retarda, minuto a minuto, a hora de se separar da irmã. Ele se despede como se no dia seguinte não fossem mais se reencontrar. Mais um pedido, mais um gole de água, mais um beijo, uma outra palavra.

No dia do aniversário de Arthur, 20 de outubro, Isabelle teria gostado de que ele passasse um dia especial, mas nada mudou. Os pesadelos noturnos, as reclamações, as palavras de carinho, quando possível, e talvez um beijo a mais na despedida foram toda a celebração que lhe coube. No dia 9 de novembro de 1891, a rotina não foi diferente. De tarde, a febre se eleva, Rimbaud chama por Djami/Isabelle e dita-lhe sua última carta. Prepara-se para partir e quer saber a que horas deve se encontrar a bordo. Faltam apenas algumas horas. Mais um pequeno adiamento.

A ÚLTIMA VIAGEM

No ano de 1881, no dia 11 de novembro, à uma hora da tarde. ATESTADO DE ÓBITO de Jean Nicolas Arthur Rimbaud, falecido em Marselha, ontem, às dez horas da manhã, no Hospital da Conceição, aos trinta e sete anos de idade, negociante, solteiro, nascido em Charleville (Ardenas), de passagem nesta cidade, filho de Frédéric Jean Rimbaud e de Marie Catherine Vitalie Cuif, segundo o testemunho de Eugène Roher, morador e domiciliado, e Louis Mayan, de sessenta e cinco anos incompletos, morador e domiciliado no dito hospital. Constatado, segundo a lei, por Nós, Ernest Margnery, adjunto à prefeitura de Marselha, delegado na função de Oficial do Estado Civil, e, leitura feita aos declarantes, assinam: (seguem-se as assinaturas de Roher, Mayan e Margnery).

Não foi bastante um atestado de óbito. O corpo devia ser transladado a Charleville e, para isso, foi necessário obter uma permissão para "transporte de corpo por uma distância superior a 200 km". Havia exigências a cumprir, segundo as novas ordenações sanitárias. O corpo devia ser transportado dentro de um caixão de chumbo, feito com folhas de pelo menos 2 milímetros de espessura, solidamente soldadas, que devia ser colocado dentro de uma urna feita em carvalho. No interior do caixão de chumbo, foi preciso preparar uma cama de seis centímetros de uma mistura feita com uma parte de pó de cal e duas partes de carvão pulverizado. Uma vez depositado o corpo, ele precisou ser recoberto pela mesma mistura.

Atestados obtidos, caixões feitos (pelos quais foram pagos $212,60, além dos obrigatórios $189,35, mais as pequenas despesas pela cama de carvão de $20,00, por uma placa de cobre, $12,00, alças em ferro, $9,00, paramentos $5,00 e impostos, tudo perfazendo um total de $458,00), corpo lavado e vestido, ele foi transportado para a estação de trem.

Saldadas as contas do hospital, dos médicos, dos remédios, despedidas feitas, Isabelle acompanhou o irmão em sua última viagem. As palavras dele ecoavam em suas lembranças, durante todo o caminho: "Vou para debaixo da terra, e você caminhará ao sol."

Com efeito, apesar de estarem em novembro, os dias estavam belos. Fazia frio e já não havia o movimento estival de pouco mais de dois meses atrás. Homens e mulheres trajavam-se de roupas escuras e pesadas. As crianças mostravam suas faces vermelhas de frio, por baixo de toucas coloridas. Nas estações pelas quais passavam, não havia a alegria festiva de um domingo de verão, e sim o ir e vir apressado dos dias de semana, pessoas em seu deslocamento para as tarefas de trabalho ou na lida caseira.

As árvores já tinham perdido suas folhas e retorciam seus galhos desesperadamente, batidas pelo vento. Isabelle engolia os soluços e secava suas lágrimas, lembrando-se das tormentas da viagem de ida para Marselha. Agora ela ia para casa. Regressava. Seu irmão também regressava, só que encerrado num caixão pesado e bruto, colocado num compartimento de carga. Mas a Isabelle que voltava para casa estava mudada. Ela havia escutado todos os delírios do irmão. Tinha aprendido a lutar sozinha, a enfrentar o horror, a julgar por si mesma. Experimentava, sem ainda o saber, o heroísmo da descoberta.

Isabelle não teve tempo de ir a uma livraria, em Paris. Talvez lá, por acaso, já estivesse exposto algum exemplar de *Relicário*, publicado naquele fatídico mês de novembro. Ela nunca tinha lido nada de seu irmão. Quando leu, a obra mudou sua vida. Descobriu "o livro sem fim, aquele que jamais envelhecerá, que nunca sairá de moda, que será, para sempre, atual".

Naquele momento, porém, Isabelle desconhecia os poemas, e recuperava-se do drama da sua morte. Desnorteada, esvaziada, deixava-se embalar pelo balanço do trem e se agasalhava, friorenta, cobrindo-se com uma manta de algodão que pertencera a seu irmão e que tinha, entranhados, cheiros exóticos, distantes.

Sua mãe a aguardava em Charleville. O trem chegou numa manhã enevoada, mas, enquanto descarregavam o caixão e o colocavam na carroça, sem luxos, o sol timidamente fez sua aparição. Era um dia de sábado, as ruas do centro estavam desertas. Mesmo assim a carroça desviou-se do movimento e depois foi subindo lentamente a longa rua do cemitério. Não havia ninguém mais acompanhando o corpo. Vitalie não avisou vizinhos, nem amigos. Nem mesmo o irmão mais velho tomou conhecimento desta morte. Só elas duas, empoleiradas no banco da frente, e o caixão, pesado e escuro. O portão de ferro abriu-se e a carroça entrou. Uma turma de coveiros esperava para carregar o caixão que pesava muito por conta do chumbo. Os homens gemeram e titubearam sob o peso, finalmente o depositaram no fundo da cova. Não havia flores para enfeitar o túmulo. Isabelle lembrou-se do enterro de Vivi, quando ela e o irmão depositaram uma flor anêmica surripiada de um campo, na passagem. Agora, em novembro, não havia flores nos campos. Isabelle quebrou um galho ainda verde de uma árvore ali perto e depositou-o sobre a terra que cobria o irmão. Ela chorava, torcia as mãos, e repetia "pobre Arthur". A mãe manteve-se calada. Ao fim, disse, como se aliviada: "descansou." E, virando as costas, foi com passos decididos em direção à carroça. Desejava chegar a Roche ainda com dia claro.

EM ÍTACA (FINAL)

Em pé, no cais, em Ítaca, contemplamos o vazio. Aqui, lá, vamos deixar sua figura, que tanto trabalho tivemos para tecer com nossa única linha, a do horizonte distante. Assistimos a seu regresso, paramos com ele nas estações, nos portos. Sabíamos que o regresso era o seu fim, mas precisávamos narrar esse fim para que ele ocupasse seu lugar de herói.

Aqui em Ítaca. Lá, em Ítaca. Em toda a parte ecoam os poemas que foram calados e depois, quase no mesmo instante de sua morte, voltaram a circular. O vento do mar traz o barco ébrio para nossas praias e a eternidade – "o mar que o sol invade" – brinca de balouçá-lo, levemente, como um berço.

O barco nunca aporta lá, em Ítaca. Aqui. Nós continuamos com os olhos presos na linha do horizonte, tramando. Amando. Lendo. Pois este é o nosso destino: enquanto lemos, os heróis viajam e regressam, o barco se embebeda, liberta-se das amarras e viaja, até que o vento o traga de volta a outra praia. Outra Ítaca. Aqui e lá. Ontem e amanhã. No presente. No agora que já deixou de ser, mas sempre será agora, aqui, lá.

Em pé, no cais, choramos com ele, choramos por ele. Aqui, lá. Não há razão para chorar. A lágrima nunca se derrama. Congela e versifica-se.

"Pois o Homem acabou! Esgotou seus papéis!
Exausto de partir seus ídolos, um dia

Ele ressurgirá, dos Deuses todos livre."

Nós, em Ítaca, aguardamos e antecipamos. Provocamos. Aqui, lá, no silêncio, tramamos. Amamos. A teia se rompe. O barco não chega. A morte é a única presença, mas aqui em Ítaca, ela não reina. Lá, em Ítaca. A vida. O regresso. A narrativa.

Impressão e Acabamento:
GRÁFICA STAMPPA LTDA.
Rua João Santana, 44 - Ramos - RJ